Rue de la Source, 7
(B)1435 Hévillers
www.kerditions.eu / kerditions@kerditions.eu

Directeur de collection : Xavier Vanvaerenbergh
Illustrations intérieures et de couverture : Thomas Gilbert
Gravure : « La chaumière et la grange à foin » de Rembrandt van Rijn, 1641.

ISBN : 978-2-87586-047-7
Dépôt légal : D/2014/12.437/25
Cet ouvrage a été achevé d'imprimer par Pulsio SARL, Paris, en juillet 2014.
Imprimé en UE.

Jean-Luc Cornette

Le pianiste, la sirène et le chevalier

Illustrations de Thomas Gilbert

DOUBLE JEU

ker éditions

À Lulu et Jean Cornette,

À Anna-Lou Durieux, Cory Foerster
et Vincent Cornette,

Et à Flore Balthazar.

1

TOUT EST NOIR. Les pavés, la rue, les maisons et le canal. Le petit pont et le ciel aussi. La nuit, Rotterdam est enfermée dans un sac de charbon. Cachée par les nuages, la lune diffuse un halo à peine perceptible. L'air glacé me fouette les joues.

Je suis libre.

Plié en deux, les mains sur les genoux, je reprends mon souffle.

Je me remémore ces derniers instants. Je ne sais pas vraiment ce qui m'a pris. J'ai foncé sans réfléchir. Ou alors, j'ai trop réfléchi. J'étais assis sur le lit dans cette grande chambre inconnue. C'est là que je loge le temps de mes concerts à Rotterdam. Je fixais le mur devant moi. La chandelle dessinait un rond de lumière douce sur la tapisserie, révélant un monde fabuleux d'anges et de chimères. Mais mon esprit s'égarait dans une autre direction. Je n'étais pas intéressé par cette dame alanguie, ni par ces chérubins grassouillets, ni par cette licorne longiligne. Je voulais partir, fuir, m'évader. Ailleurs. Cette nature paradisiaque, cette femme nue, ces bébés joufflus et roses comme des petits cochons, et ce cheval blanc portant fièrement une corne sur le front ne pouvaient rien pour moi. Il me fallait une solution plus simple, plus immédiate. Quelque chose de réel. Le paradis est parfois juste une rue plus loin. Deux ou trois enjambées et l'univers change. Il faut oser faire le premier pas.

J'ai tendu l'oreille vers la chambre d'à côté. Pas un bruit. Ma mère dormait. Je me suis levé et habillé. J'ai mis ma veste de feutrine et j'ai tourné plusieurs fois un grand foulard rouge autour de mon cou. On est dans le Nord, et je savais que dehors il faisait plus froid et humide qu'en Allemagne. J'ai tiré mon bonnet sur mes oreilles en y engonçant ma tignasse. J'ai enfilé mes gants de cuir, soufflé la chandelle et me suis approché de la fenêtre. De minces losanges de verre bleu et jaune étaient maintenus par des montants de bois foncé. Même en plein jour, il est difficile de distinguer ce qui se passe derrière ces vitres bicolores. J'ai adossé une chaise au mur et me suis agenouillé dessus. J'ai tiré le loquet et d'une bonne poussée du plat des mains, j'ai ouvert la fenêtre avec la détermination du prisonnier qui s'évade de son bagne. Debout sur la chaise, j'ai escaladé le rebord de la fenêtre et d'un bond, j'étais dans la rue. J'ai couru jusqu'au coin suivant. J'ai retenu ma respiration afin que personne ne puisse m'entendre. Me voilà, appuyé contre un mur de brique. Le froid me raidit la nuque et me transperce les omoplates. Cette sensation devrait m'être désagréable et ce soir, pourtant, c'est l'inverse. Mes vertèbres, qui se gèlent les unes aux autres, envoient au cerveau un message clair : « Je suis libre ! »

2

TOUT A COMMENCÉ il y a quelques jours. Avec ma mère, nous avons pris le bateau à Bonn. C'est la ville où nous vivons, non loin de Cologne. La descente du Rhin fut interminable et glaciale. Dans la péniche, il n'y avait pas de poêle à charbon pour se réchauffer. Depuis quelques jours, les feuilles rouges et or avaient quitté les branches des arbres pour se vautrer sur le sol. Les berges blanchissaient sous le gel. Si tous les boulangers du pays avaient saupoudré le paysage avec toute la farine de leur atelier, le résultat aurait été identique. Le ciel diffusait une lumière mate. Gris clair. Je peinais à tenir mes yeux ouverts. Je fronçais les sourcils à m'en faire mal au front. Un petit nuage sortait de ma bouche chaque fois que je parlais. Notre embarcation glissait sur le fleuve. Je n'entendais même plus le clapotis. Le silence commençait à me faire peur. Parfois, les coups de hache d'un bûcheron sur le tronc d'un vieux hêtre interrompaient mes rêveries. Puis, un clocher sonnait l'heure ou la demie. On s'ennuie vite sur un bateau lorsqu'on n'a rien à faire. Je suis passé de l'avant à l'arrière, j'ai couru en espérant me réchauffer. Je sautais au-dessus des câbles qui serpentaient sur les lattes de bois du plancher.

— Hé, toi ! Avec ton gros bonnet !

— Moi ?

— Oui, toi ! Tu en vois un autre avec un bonnet plus gros qu'un sac de grain ?

Le matelot avait une tête de sanglier. Son nez écrasé formait des rides jusque sous ses yeux. Sa bouche était tordue et postillonnait contre le vent. Sa bave s'accrochait aux poils blancs et roux de sa barbe. Plus que tout, c'était son regard noir qui me terrorisait. J'étais paralysé d'effroi.

— Tu veux tomber à l'eau ?

— Je… Non…

— Bon, alors, va t'asseoir près de ta mère. C'est un bateau, ici. Tu attendras qu'on ait accosté pour faire l'imbécile.

Je courus me blottir contre ma mère. La lenteur de notre progression et la monotonie du décor me firent somnoler. Dans ma tête, les notes se mirent à tournoyer. Je songeais à des pièces de musique pleines d'emphase et de vivacité, à des séquences qui se répétaient en s'adoucissant. Des morceaux chaleureux comme une veillée au coin du feu avec des parents aimants.

Les marins s'activaient et les passagers, immobiles, gelaient sur place. Mes mains protégées par des gants en cuir de vachette étaient enfoncées dans les poches de ma veste en feutrine. Les doigts ainsi protégés, je pianotais sur mes cuisses à travers les différentes couches de tissus et de cuir. J'imaginais le clavier et composais une sonate dont chaque note résonnait dans l'espace gris que fendait la proue de notre péniche. Mes souliers, peu épais, laissaient le gel s'introduire entre mes orteils. Après quelques heures de navigation, le froid me brûlait tant que je crus que j'allais perdre mes pieds. Ma mère, attentionnée, les glissa dans son corsage pour me réchauffer.

Mon père, pris par une obligation professionnelle, n'avait pu nous accompagner. Ces quelques jours loin de mon tortionnaire me réjouissaient.

3

J'ÉTAIS VENU À ROTTERDAM pour donner des concerts. Mes interprétations attiraient du monde et j'en étais très satisfait. Bien entendu, mes mains auraient pu se montrer plus souples, mon toucher, plus précis et mon âme, plus investie. Rien n'est jamais parfait. On peut toujours faire mieux. Mon père veut que je sois le meilleur. Même en son absence, je sens qu'il me surveille, prêt à m'inculquer la perfection à coups de ceinturon.

Ma mère, présente à mes côtés pour tourner les pages des partitions, ne me dit rien. Elle n'ose pas se prononcer lorsqu'il s'agit de musique. Elle a trop peur de donner un avis en parfaite opposition avec celui de mon père. Moi, je ne redoute que son caractère et ses coups, mais il ne me terrorise pas. Je sais qu'en moi-même je suis plus fort que lui. J'ai tout juste onze ans et cela fait déjà plusieurs années que je joue du piano comme jamais il n'en a été capable. Et je progresserai encore alors que lui, sa carrière est finie.

Ce soir, je sais que j'ai été bon. Les applaudissements et les félicitations en étaient la preuve. C'est pour m'écouter que cette assemblée s'était réunie et c'est moi, moi seul qui fus acclamé. Il y avait une trentaine de personnes et pas la moindre plainte. Pas un soupir, pas un bavardage, seulement un ronflement. Il y a toujours un ronflement. Lors de chaque concert, un spectateur un peu gros s'endort et produit avec sa bouche grande ouverte le vacarme d'une tornade. La musique n'est jamais fautive. L'unique responsable, c'est le repas trop copieux et trop arrosé que l'homme a ingurgité avant la représentation. Heureusement, le dormeur est souvent accompagné de sa femme qui, d'un léger coup de coude dans les côtes, coupe court aux bruyantes respirations.

Le grand salon débordait de femmes enrobées de leurs plus belles dentelles, et d'hommes sévèrement engoncés dans des costumes aux coupes parfaites. La bourgeoisie hollandaise a payé le prix pour m'entendre et elle n'a pas été déçue. J'ai joué plus d'une heure et demie. Ils sont venus comme on va à la messe : afin d'accueillir la parole de Dieu, les yeux fermés et le cœur ouvert. Solennellement. Pour cela, je me fais aider. Je n'y arriverais jamais tout seul. De grands hommes sont à mes côtés, ils tirent les ficelles qui agitent mes doigts. Ils me donnent l'impulsion nécessaire. Ce sont eux qui m'ont tout appris et qui m'apprennent encore tous les jours. Il y a d'abord Mozart. Il y a toujours Mozart. Mozart, l'unique. Mozart, le génie. Il y a aussi le grand Haydn et le merveilleux Bach. Trois maîtres et moi, leur apprenti. Je ne suis encore qu'un gamin qui transmet un message. Je ne suis qu'un décrypteur de partitions, un enfant qui joue du piano, pas trop mal, mais le mieux qu'il peut. Rien de plus.

Rassasié d'applaudissements, d'une cuisse de canard et de quelques carottes bouillies, j'avais embrassé ma mère et rejoint ma chambre. De leur tapisserie, la licorne et la femme nue me regardaient avec bienveillance. Les chérubins rigolaient. Il faisait nuit depuis longtemps. Les chandelles fondaient sous leur flamme. Elles peignaient les murs en orange. C'était l'heure de dormir. Ma mère avait fermé la porte derrière elle.

Seul dans ma chambre, je ne savais pas si je parviendrais à m'endormir. J'étais nerveux. Je repensais à ce que mon père m'avait dit lors de nos dernières répétitions. Je travaillais la sonate en la mineur de Mozart, une œuvre qui m'emplit d'un sentiment inexplicable. J'aime me laisser envahir par cette musique toute de passion et d'émotions. Elle est si sombre. Il l'a écrite au moment de la mort de sa mère. Le tempo du second mouvement est aussi gracieux que la musique elle-même : *andante cantabile con espressione*. C'est lyrique, digne et vif. Mon père n'a pas attendu que je termine le troisième mouvement pour m'assener toute sa hargne et son aigreur. Les dernières mesures se sont perdues sous les hurlements. Il m'a ordonné d'arrêter de massacrer Mozart. Que connaît-il à Mozart, ce père odieux, ce musicien raté, cet ignoble professeur désabusé ?

Un jour, j'irai voir Monsieur Wolfgang Amadeus Mozart en personne, je m'inclinerai avec respect devant lui, je m'assiérai au piano, je lui jouerai ses œuvres et les miennes. Et il me jugera. Lui, il pourra.

J'ai soufflé les flammes des chandelles. Je n'en ai gardé qu'une allumée. Je l'ai déposée sur la table de nuit. Je me suis couché. J'ai gardé les yeux ouverts. La licorne pointait gracieusement sa défense dans la nuit hollandaise. J'ai pris conscience qu'elle me comprenait. Je lui ai fait un clin d'œil et j'ai attrapé mes vêtements. Sans faire de bruit, lentement, je me suis habillé.

4

QUE FAIRE MAINTENANT ? Je n'y ai pas encore pensé. Me promener. Rotterdam est une très jolie ville. Je m'aventure hors de l'impasse. Personne. Le silence est tellement puissant, plus absolu encore que sur le bateau, qu'il me fait mal aux oreilles. À moins que ce soit le froid qui me pique. Je relève les bords de mon foulard et baisse ceux de mon bonnet. Mes yeux et mon nez sont seuls à sortir de cet amas de soieries et de lainages. Je m'engage dans la rue, la traverse et gagne le trottoir d'en face. Je suis le canal. Cela me fait un but. Une direction. La nuit, l'eau des canaux ressemble à de l'encre. J'imagine les écluses qui entourent la ville, le jeu de vases communicants et les hommes solides et taciturnes qui actionnent de grandes roues crantées afin d'ouvrir et de fermer ces portillons colossaux de métal et de bois. L'eau qui sort, l'encre qui entre. L'inverse au petit jour.

Des bateaux sont amarrés le long de la rue. Ils ne bougent pas. Ils ont l'air morts. Je préfère les imaginer endormis. Les cordages sont tendus vers les quais. Les voiles, empaquetées, se reposent le long des bômes sur lesquelles s'alignent des mouettes assoupies. Les oiseaux blottis les uns contre les autres ont enfoncé leur tête dans leur pèlerine de plumes. Figés par le froid, ils semblent faire partie du gréement. Entre deux sorties en mer du Nord, les vieilles coques de bois ont mérité cette tranquillité.

Les mains gantées enfoncées au plus profond de mes poches, je continue de suivre le canal. Au hasard. Vivre en liberté, cela s'improvise. Je dépasse plusieurs ponts et suis pris de l'envie d'en traverser un. Le prochain fera l'affaire. Il est petit mais il m'impressionne. Il est bouleversant et déroutant. Ses piles, solides comme des troncs de chênes plusieurs fois centenaires, supportent une épaisse arche de pierres bleuies par le froid. Je m'arrête en son milieu, je m'accoude sur la rambarde afin de diriger mon regard vers la perspective du canal. À l'horizon, les deux rangées de maisons aux pignons en forme de cloches se perdent dans la brume avant d'avoir pu se rejoindre. Les pierres du pont diffusent leur température glaciale et me gèlent les avant-bras. Lorsque je me redresse, une odeur de poisson me gifle la figure.

5

JE REJOINS L'AUTRE RIVE. Tout y est identique, j'ai la sensation d'entrer dans le reflet d'un miroir géant. C'est pareil, sauf une odeur et un amas de caisses et de filets de pêche échoués contre une façade. Un amoncellement difforme et puant. Les effluves, forts, âcres et maritimes m'attaquent les sinus. Ça bouge un peu. Et ça parle.

— Salut, toi !

Le tas m'interpelle. Il remue. Il y a quelqu'un de planté dans le monceau de détritus. Je n'arrive pas à le discerner.

— Bon… Bonjour…

Je préfère répondre. Ce n'est pas que j'aie peur, je suis assez costaud pour mon âge, mais ce n'est pas rassurant. Cela pourrait être un criminel qui se cache, un détrousseur en embuscade, ou un croque-mitaine qui espère me croquer les mitaines. Je vais lui dire que je n'ai pas de mitaines. Seulement des gants en cuir de vachette.

Le plus étrange, c'est que ce tueur planqué a une voix de fillette. Sans doute une ruse pour mieux tromper ses victimes avant de les ouvrir de bas en haut avec un gigantesque couteau de boucher. Je dois dire quelque chose pour avoir l'air sûr de moi. Après, je partirai lentement et, au premier tournant, je m'enfuirai. Je n'ai pas peur, je suis prudent.

— J'ai des vachettes… Non, pas des va… Des gants en cuir de vachette, je veux dire.

Pour un gars sûr de lui, c'est réussi ! L'assassin a déjà compris que je ne suis pas du tout à l'aise et que j'ai deviné ses intentions. Il ne lui reste plus qu'à commettre son crime. La bonne nouvelle, c'est que mort, je serai définitivement libéré de la violence de mon père. En essayant de peser rapidement le pour et le contre, je dois toutefois reconnaître que c'est un peu radical comme libération. Je suis trop jeune pour trépasser.

Et je ne peux expirer avant d'avoir joué une sonate devant Wolfgang Amadeus Mozart. Toutes ces heures de travail en pensant à lui, ces millions de fois où mes doigts ont appuyé, percuté, effleuré, bousculé ou maltraité le clavier, et partir pour l'autre monde sans avoir rencontré le plus grand génie de tous les temps… Ce serait trop bête.

Ce n'est pas simple de penser rationnellement en de tels instants. Surtout avec quelqu'un qui rigole, qui perturbe ma concentration. J'ai du mal à le croire, mais c'est le dépeceur lui-même qui ricane. J'essaie de distinguer sa tête. Impossible. Le paquet d'immondices est dissimulé contre le mur de cette maison, enfoui dans l'obscurité.

— Vous… Vous riez… Vous vous moquez de moi ?

— Excuse-moi ! Tu me fais marrer avec ton histoire de vachette.

Cette voix de fillette et ces relents de poissons commencent à m'arracher le nez et à me tortiller les nerfs. Ne rien discerner est très peu rassurant. Soit je m'avance, soit je décampe. Je crois que je vais décamper.

— Tu ne peux pas t'approcher ? Je ne te vois pas avec tes petites vaches au bout des doigts.

La voix du monstre ne me laisse pas le choix. Je réponds en faisant quelques pas en avant. Il insiste :

— La nuit est noire comme l'intérieur d'une huître.

— Elle en a surtout l'odeur.

— Normal, je suis fille de pêcheur. Je suis installée dans les filets et les caisses qui servent à transporter les poissons. Même vides, elles sentent.

Encore trois pas et je l'aperçois. Son visage apparaît. Ses contours se définissent petit à petit. Le tueur est une petite fille. Elle sourit.

— Moi, c'est Elsje. On m'appelle Elsje de kleine zeemeermin. Et toi comment tu t'appelles ?

— Elsss comment ?

— Elsje de kleine zeemeermin. Ici, ça veut dire Elsje, la petite sirène. Parce que je suis une sirène et que je suis petite.

Elle rit encore.

Je ne la crois pas. Ça n'existe pas les sirènes.

— Tu… Tu n'es pas le croque-mitaine ?

— Ha ha, ça n'existe pas les croque-mitaines.

Il faut croire que je suis très drôle. Tout ce que je dis la fait éclater de rire. Ce n'est pas une raison pour me raconter n'importe quoi.

— Les sirènes, non plus, ça n'a jamais existé !

— Avance, je te dis ! Tu verras bien !

Je suis face à une fillette qui n'a pas du tout l'aspect d'une étripeuse. C'est une jolie fille avec de longs cheveux blonds. Ses yeux bleus lumineux sont des étoiles qui éclairent sa peau plus blanche que la robe d'un cygne. Seules ses joues sont rougies par le froid. Son cou s'enfonce dans un foulard illustré de poissons multicolores.

— Je ne vois rien, tu es enfoncée dans les caisses.

— Tu dois m'aider. Mon père m'a oubliée ici après la pêche. Ce qu'il peut être distrait, celui-là.

Elle poursuit, en déployant un sourire plein de petites dents blanches :

— Tu dois m'aider à m'extirper d'ici. Avec une queue de poisson, il est difficile de se mouvoir sur la terre ferme. Tu peux me soulever et me déposer dans la charrette, là, à droite ?

Je regarde dans la direction indiquée et sous l'enchevêtrement des filets de pêche, émergent les deux brancards d'une petite charrette à bras.

— C'est ma charrette.

— Tu ne peux pas marcher en tirant avec les mains et en poussant avec la queue, comme un phoque ?

— Tu es vraiment drôle, toi ! Tu es le garçon le plus drôle que je connaisse. Et je peux te dire que je connais tous les garçons de Rotterdam : Baltus, Guido, Adriaan, Caspar, Roeland, Govert, Paulus, Stofel, Wim, Kleine Dries et Grote Guus… Puis, les frères Jan, Jaap, Joop, Joris, Jeroen, Jos, Joost et Jacobus. Et encore plein d'autres !

Elle parle beaucoup, cette fille. Elle va me nommer tous les habitants de la ville ? Je sais que ce n'est pas bien de se moquer, mais les Hollandais, ils ont tous des noms farfelus.

— Il y en a qui font parfois des blagues pas très amusantes. Toi, tu es vraiment comique.

Ce sont eux qui portent des noms étranges et c'est moi qui suis comique ! Je ne me connaissais pas ce talent. Au piano, il m'arrive de tirer des larmes à de jeunes auditrices. Je peux être mélancolique, attendrissant ou émouvant. Maintenant, je suis drôle ! Après tout, pourquoi pas ? Dans ma nouvelle vie, je serai comique.

Je dégage la charrette du monticule où trône Elsje et me fraie un chemin entre les caisses constituées de vieilles planches humides et de gros clous rouillés. Je retiens ma respiration. Ça pue trop. Je jure de ne plus manger de poisson avant dix ans.

— Passe tes bras sous les miens. Je ne suis pas lourde. Une demi-fillette, ça ne pèse qu'un demi-poids.

C'est vrai. On croirait un sac de plumes. Je la soulève en reculant, en équilibre instable car mes pieds s'entortillent dans les mailles des chaluts. Je penche en arrière. Pour me rétablir, je serre Elsje contre moi. Nos visages se rapprochent. Comment une fille aussi jolie peut-elle sentir aussi mauvais ? Soudain, je me rends compte que c'est la première fois que je serre une fille contre moi. Même une demi-fille, même un quart de fille. C'est la première fois et ce n'est pas désagréable. J'ai chaud aux joues.

— Pourquoi tu t'arrêtes ? Tu y es presque.

— J'ai failli tomber. Mais là, ça va.

Sous ses hanches se profile une queue qui pend sur un bon mètre et se termine par une large nageoire en quartier de lune. Avec les mains gantées, je n'arrive pas à savoir si cette queue est gluante comme le corps d'un poisson. Cette fillette est-elle réellement une créature aquatique ? Je constate que cela ne glisse pas.

Je la dépose délicatement dans la charrette. Elle semble si fragile. Je soulève les brancards et je démarre.

— Tu ne m'as toujours pas dit ton nom.

— Mes amis m'appellent Lulu.

— Toi aussi, tu as beaucoup d'amis ? Tu connais aussi tous les habitants de la ville ?

— Je ne suis pas d'ici.

— Je me disais aussi que tu avais un drôle d'accent. Mais alors, de quelle ville sont tous tes amis ?

— De Bonn. C'est en Allemagne.

Elle parle beaucoup, la sirène, mais elle a aussi un talent pour faire parler les autres.

— Je n'ai pas… Je n'ai pas beaucoup d'amis… Ce sont mes frères, Carl et Johann qui me surnomment comme ça.

— Lulu, ce n'est pas mal. Moi, ça me convient, dit-elle en rigolant une nouvelle fois.

Je manœuvre le chariot avec facilité. Il est léger et maniable. L'effort me réchauffe. La nuit est plus claire. Je me sens bien.

— Tu m'emmènes où, Lulu ?

— Je ne sais pas... Je vais tout droit. Suivons le canal jusqu'à la mer !

— Ce canal-là ne va pas droit à la mer, mais si tu as le temps, je peux te guider.

Je pousse l'engin. Elsje s'est assise transversalement afin de vérifier que nous empruntons les bonnes rues et de pouvoir se tourner vers moi lorsqu'elle me parle. C'est-à-dire presque tout le temps.

— À droite ! À gauche ! Passe sur ce pont-là !

Elle ne s'y prendrait pas mieux si elle voulait nous perdre. J'en profite pour regarder sa queue de poisson. Elle est en toile de jute grise recouverte d'écailles vertes et dorées brodées avec finesse. C'est joli, mais ce n'est pas une vraie sirène. Je m'en doutais. Les sirènes, ça n'existe pas.

— Elsje ?

— Oui ?

— Que faisais-tu toute seule, en pleine nuit, plantée sur ton tas de filets de pêche ?

— Je te l'ai dit, c'est mon père qui m'a oubliée. Il a amarré le bateau. Les matelots ont descendu le poisson à quai. Ils m'ont posée là pendant qu'ils négociaient avec les acheteurs du marché. Ce sont les vieux filets et les caisses endommagées qu'on n'a pas encore eu le temps de réparer. C'est moi qui m'occupe des filets quand ils sont troués. Je me débrouille en broderie, en dentelle et en couture. Mais pour repriser les filets de pêche, c'est moi la plus forte !

Je connaîtrai tous les détails de la vie des marins hollandais et de la construction d'un bateau avant de savoir la vérité à propos d'Elsje sur son tas.

— Normalement, ça ne s'oublie pas, une petite fille…

— Tu sais, Lulu, mon papa est très occupé. Puis, c'est un grand distrait. Il est très fatigué après une journée en mer. Alors, il est rentré à la maison se coucher. Demain matin, il verra que je ne suis pas dans mon lit. Sauf si tu veux bien me reconduire chez moi après avoir vu la mer.

Elle se tait un moment et me dévisage avec ses petites lumières bleues qui sortent de sous ses paupières.

— Tes parents ne t'ont jamais oublié nulle part ?

— Je ne crois pas… Et si je suis parti ce soir, c'est pour oublier mon père et surtout pour que mon père m'oublie…

Je suis un peu affligé. Je me rends compte qu'en quittant mon père, je ne reverrai plus ma mère ni mes frères. Avec Johann et Carl, nous n'avons pas grand-chose en commun, nous ne partageons pas les mêmes passions, les mêmes enthousiasmes, mais ce sont mes frères. Quant à ma mère, elle ne dit jamais rien, elle ferme les yeux lorsque mon père abuse de l'alcool et de son autorité. Elle accepte la situation. Mais c'est ma mère et je l'aime. Pour me séparer de mon bourreau, je dois accepter de perdre le reste de ma famille.

Il fait froid et je suis avec une demi-fille qui sourit et parle tout le temps. Elle grelotte alors que son père dort au chaud. Je ne sais pas si ce que je vis est une sensation agréable ou si la situation est triste. Mozart, il saurait. Il composerait une sonate pour piano et violon. Tout le monde serait heureux, mais d'un bonheur qui noue la gorge, fait naître le sourire sur les lèvres et distille délicatement ce reflet si désarmant qui humidifie les yeux.

— Si tu veux voir la mer, va plus vite, Lulu ! On va aller au Flakkee, c'est plus près !

— Plus près que quoi ?

— Plus près que la mer du Nord. C'est un bras de mer. Ce n'est pas encore tout à fait la mer, mais c'est déjà un peu comme la mer. Il y a la marée, l'eau salée, les poissons qui nagent… C'est très large. Il suffit de le suivre et on arrive à la mer. Tu verras, c'est très beau. Il y a plein d'oiseaux dans les polders. On peut monter sur les dunes et courir après les lapins. Il faut juste faire attention aux chardons.

— C'est là que sont les champs avec les tulipes de toutes les couleurs ?

— Pour les tulipes, tu devras rester jusqu'au printemps. Ça ne pousse pas en automne ni en hiver, mon petit ami.

Et voilà, on est gentil avec un bout de fille et on devient automatiquement son petit ami. Avec sa moitié de corps et son arrière-train de poisson, elle sera ma minuscule amie !

— Puis aussi, le vent qui souffle et qui fait tourner les grandes ailes des moulins. Un jour, il y aura une tempête et ils s'envoleront tous. Dans les polders, on est plus bas que le niveau de la mer. Les moulins servent à pomper l'eau et à la rejeter dans la mer. Le jour où ils partiront dans le ciel, le pays sera englouti. À ce moment-là, tu sais qui sera la reine de la République des Sept-Pays-Bas-Unis ?

— Non ?

— Une sirène ! Ça ne pourra être qu'une sirène lorsque les terres seront englouties plusieurs mètres sous la surface des flots.

Je lui réponds que c'est logique.

— Tu seras la reine des poissons.

— Des poissons, des hommes, des hommes-poissons, des poissons-hommes… Et la même chose pour les femmes et les poissonnes.

Elle rit. C'est comme les cris aigus que pousserait un petit animal. Une belette ou une fouine. Elle s'arrête d'un coup, me regarde avec ses deux lanternes bleues et recommence à rire. Quelques soubresauts. Ensuite, comme elle ne sait pas se taire, elle se remet à parler.

— Il faudra que les gens s'adaptent. Ils devront apprendre à respirer sous l'eau. Des branchies nous pousseront dans le cou. Pour Madame Van Houten, la femme du cordonnier, ce ne sera pas difficile. C'est déjà une grosse baleine.

Elsje reprend ses glapissements de rongeur. Je commence à m'habituer à son odeur de hareng, mais ce cancanement, comme si des petits bûcherons sciaient des arbres dans sa gorge, je ne pourrai jamais m'y faire. J'espère que sous l'eau, quand elle sera la souveraine des crustacés, elle sera moins bruyante. Une reine, ça doit être sérieux, ça ne peut pas s'esclaffer à chaque instant.

— Monsieur Van Houten, lui, il aura plus de difficultés que sa femme. Je crois qu'il n'a jamais bu d'eau. Ni pris un bain. S'il existait une mer de bière, il serait dans son élément, le père Van Houten.

Là, c'est moi qui éclate de rire en imaginant le gros monsieur dans une pinte géante. Puis, je vois mon père dans un lagon de schnaps et ça ne me fait plus rigoler. « Ça va ? » me demande la petite sardine. « Oui, oui », je lui réponds. Elsje voit mon trouble. Je crois qu'elle veut me rassurer. Je me trompe. Elle fronce les sourcils. Le turquoise de ses iris devient bleu marine.

— Si tu ne la connais pas, méfie-toi de la mer.

Elle se tait. Son regard me fait presque mal.

— Ici, la mer est verte et aime torturer les marins. Ses vagues s'élancent si haut vers le ciel qu'elles parviennent à cueillir des hommes sur le pont des voiliers. Elles les enlacent et les tirent dans les fonds de sable gris.

Elle s'interrompt à nouveau. Ses yeux se rallument. J'y vois une crainte. J'entends derrière moi :

— Tu as raison, petite sirène. La mer est la plus cruelle des amies. Tu dois l'aimer de tout ton cœur si tu ne veux pas avoir à la craindre.

Quel accent étrange. J'arrête de pousser ma carriole et me retourne. À douze pieds de moi, la silhouette efflanquée d'un fantôme ou d'une âme vagabonde. Le haut de son crâne brille comme du métal. Il quitte la façade contre laquelle il s'appuyait et apparaît dans la lumière de la lune. L'homme porte un casque tout cabossé. C'est un soldat pouilleux avec une moustache qui ressemble à la brosse que j'utilise pour faire briller mes souliers. Une longue épée pend à son ceinturon. Je crois que ça y est, il m'a trouvé, le croque-mitaine. Je serre les mâchoires. Il poursuit sa litanie sur les dangers de la mer.

— Le peuple des êtres sous-marins dévore les chairs des pêcheurs aux poumons emplis d'eau. Les anguilles entrent par leurs narines et les rongent de l'intérieur. Les crabes grignotent les yeux et les crevettes s'abritent dans les chaussettes. Au petit matin, les abysses repus vomissent les cadavres sur de longues plages venteuses. Ils sont bleus et boursouflés. Les femmes pleurent et se lamentent face à l'injustice maritime. Les goélettes rescapées rentrent au port décharger leur cargaison de poissons gras. Elles passent les écluses et s'abritent sur les canaux figés, là où les flots ont renoncé à toute méchanceté.

Voilà qu'il fait trois pas dans notre direction. Dieu, ce qu'il peut être laid. Son visage ferait peur à n'importe quel honnête homme.

— Bonjour M'sieur, dit Elsje. Vous la connaissez, la mer ?

— Les mers ! Je les ai toutes traversées. Je les ai combattues tant de fois. Et un jour, j'ai réalisé à quel point j'aimais les vagues sur lesquelles je glissais avec les plus somptueux vaisseaux. Depuis, tout va mieux. Nombreux sont mes amis qui ont disparu, engloutis, happés par une déferlante. Ils n'avaient pas compris qu'un marin doit épouser la mer et non lui faire la guerre.

— Vous êtes marin ou vous êtes soldat, Monsieur ?

— Je suis soldat ! Soldat de Sa Majesté le roi Charles III d'Espagne.

Il toussote pour éclaircir sa voix. Il se maintient tout raide.

— Je suis… J'étais un soldat, mais un marin aussi. Un soldat-marin et un marin-soldat. Comme vous préférez.

Sa moustache miteuse dévoile un sourire de la largeur d'un avant-bras qui ne laisse apercevoir que deux ou trois dents de différentes couleurs. Il faudrait dix bouches comme la sienne pour constituer une dentition complète. Il ne me fait plus peur. Il ne me mordra pas. Cette asperge hirsute couverte de guenilles, qui ne rappelle que de loin un uniforme militaire d'une invraisemblable armée, se plie en deux en ôtant son casque. Il nous fait une sorte de salut pas très conventionnel. Sa tête touche presque ses genoux.

— Rodrigo Pánfilo Núñez de Alvarado y Carranza.

Il se redresse, satisfait de son annonce que nous n'avons pas comprise, ni la crevette, ni moi. Est-ce le titre d'une chanson folklorique de son pays ? Une sevillana ou un boléro ? Il tire sur sa moustache. Il l'allonge d'un côté puis de l'autre. Une zarzuelle, peut-être ?

— C'est mon nom.

— Ah ! fait Elsje.

— Enchanté, Monsieur... Monsieur...

Il répète :

— Rodrigo Pánfilo Núñez de... Appelez-moi Rod le chevalier sanguinaire. Ce sera plus simple.

À première vue, il ne semble pas très sanguinaire. Un édenté, ça ne doit manger que des potages de légumes.

— Et vous alliez à la mer avec cet attelage ?

— Oui, M'sieur le sanguinaire.

— Permettez que je vous accompagne. Un chevalier, ça peut vous défendre si d'exécrables individus venaient à vous agresser.

— Vous savez, M'sieur sanguinaire, je connais tout le monde ici. Personne ne veut de mal à Elsje de kleine zeemeermin, la sirène qui reprise les filets troués.

— J'aime ta façon de voir la vie, petite. Tu aimes les gens et les gens te le rendent.

Il se retourne vers moi.

— Toi, tu me sembles plus méfiant. Ça te passera.

— Je… Pas… Pas tout le temps…

Il me fait un clin d'œil et exhibe ses trois chicots. C'est sa façon de montrer qu'il est content.

— Si vous n'avez pas besoin de chevalier pour veiller sur votre sécurité peut-être accepteriez-vous un chevalier pour des tâches moins glorieuses mais nécessaires, comme pousser le chariot quand le jeune homme sera fatigué ou courir après le repas ?

— Courir après le repas ? Que voulez-vous dire, Monsieur chevalier sanguinaire ?

— Un lapin ou un rat… C'est bon, mais pas simple à attraper. J'ai une épée et beaucoup de vivacité.

La gorge d'Elsje émet à nouveau ce grognement qui me devient familier. Elle rit franchement. Ce chevalier sanguinaire est plus hilarant que sanguinaire. Je ris aussi.

— Une expédition, ça se prépare. Croyez-en un soldat-marin qui a été jusqu'aux Amériques grâce à la force du vent. Avant toute chose, et tant que nous sommes toujours à quai, dans un environnement civilisé, il me paraît impératif de bien se sustenter. Cela nous donnera la vigueur nécessaire à l'aventure !

— Bien se quoi, M'sieur Rod ?

Elsje a osé l'appeler Rod.

— Se sustenter. Se remplir l'estomac. Faire bombance. Bouffer comme quatre ! Même si on est trois !

— Vous allez nous tuer des rats ? Là, maintenant ? On va les cuire ?

— Ce soir, je pensais aller dans une taverne, répond le grand chevalier. Les rats, ce sera pour une autre fois. Je n'ai pas de moutarde sur moi et la moutarde est indispensable à la bonne préparation des rats.

À l'instant, je prends conscience que je suis parti sans argent. Ce n'est pas très intelligent quand on fugue.

— Monsieur le sanguinaire, je n'ai pas de quoi me payer un repas. Mes poches sont vides.

— Et moi, M'sieur Rod, je n'ai pas de poche !

Le chevalier fronce sa moustache et ses sourcils dans des sens opposés.

— En route, bataillon ! Il ne sera pas dit qu'un chevalier, sujet de Sa Majesté le roi Charles III d'Espagne, aura laissé ses associés le ventre vide. C'est ma tournée. On m'a parlé d'une taverne à cent pas d'ici. La rumeur dit qu'on y fait la meilleure soupe de moules de Hollande.

J'en étais sûr, un homme si peu pourvu en dents ne peut se nourrir que d'aliments liquides.

6

J'AI LAISSÉ LA CHARRETTE contre le mur et je tiens la demi-fille à bras-le-corps. Sa queue balaie le sol. Je fais attention de ne pas marcher dessus. Les broderies d'écailles brillent dans la nuit. Rod le sanguinaire passe devant. Il pousse la porte du Zwarte Zwaan. La salle est éclairée par le feu de l'âtre où flambe un amoncellement de bûchettes. Des bougies laissent couler leur cire au centre de chaque table. Les individus, la pinte à la main, se retournent pour découvrir l'étrangeté de notre équipe. Leur trogne est marquée de nervures comme les feuilles d'un arbre. C'est la rudesse de l'hiver et du métier de marin pêcheur qui est imprimée sur les visages. Les bottes et les cabans ne me trompent pas sur leur métier. Les embruns usent les regards et tordent les doigts. Leurs mains sont des racines et leur peau, de l'écorce. Leur silhouette est celle des saules voûtés qui bordent les ruisseaux ensablés des polders. Même les rires me semblent tristes dans cette taverne. On parle fort et on siffle de la bière dans de grandes pintes en étain. Le tabac gris se consume dans des pipes en bois sombre. Un nuage bleu et âcre est suspendu au-dessus de nos têtes. Certains s'arrêtent de bavarder pour nous dévisager. C'est Elsje qui attire le plus l'attention. Normal, elle a une part humaine et une part aquatique. Rodrigo ne passe pas inaperçu non plus. Ma petite personne émergeant à peine entre mon bonnet et mon foulard captive moins. Je n'en suis pas vexé. J'apprécie qu'on s'intéresse à moi pour ma musique. Pour le reste, je préfère rester transparent.

L'aubergiste vient à notre rencontre. C'est une femme tout en chair. Elle a le teint rose d'un chérubin et sa chevelure est du même blond que la bière qu'elle sert.

— Bienvenue, cher Monsieur. Venez vous réchauffer près de l'âtre. Faudrait pas

attraper la mort ! Mais dites-moi, ici, c'est un lieu où les hommes boivent et se racontent des histoires grivoises et je pense que vos deux marcassins sont encore bien jeunes pour se joindre à cette troupe.

Rodrigo bombe le torse, ses yeux lui sortent des orbites, il tend l'index vers le plafond.

— Madame, sachez que vous avez devant vous Moctezuma, dix-septième du nom. L'arrière-arrière-et-ainsi-de-suite-dix-sept-fois-petit-fils du grand Moctezuma premier. Je suis l'héritier du trône du Mexique.

D'un mouvement ample et théâtral, il désigne Elsje que je tiens toujours serrée contre moi.

— Vous avez ici la princesse Guadalupe Medio de Un Pez, prochaine reine des Caraïbes et de Californie.

Il relève son doigt et le pointe vers mon nez.

— Et là, le jeune prince Puma Salvaje de la Bosque Virgen, grand commandeur de l'armée aztèque et prélat en chef de l'église du Yucatán !

— C'est faux ! La fille, c'est Elsje, la petite sirène du port ! La gamine qui reprise nos filets, hurle un des marins.

— Ouais, c'est elle ! On la connaît, approuvent les autres.

Rodrigo se retourne vers eux. On jurerait un assassin. Sa mâchoire est crispée. Ses paupières s'abaissent pour mieux voir qui a osé le contredire. Comme tous les menteurs, il déteste être traité de menteur. Mais il sait faire face à une assemblée de buveurs de bière. Il se transforme en personnage affable et approuve, à sa manière, l'accusation qui lui est faite.

— Exact, les amis ! Cette mignonnette est votre sirène. Mais dites-moi, une sirène n'a-t-elle pas le droit d'être princesse ?

Tout en disant cela, il toise le premier gaillard qui l'a houspillé.

— C'est que… L'un n'empêche pas l'autre…

Le sanguinaire exulte. Il a réussi à faire dire à ce pêcheur ce qu'il voulait entendre.

— Alors, permettez, cher Monsieur, que ce soir la sirène soit aussi princesse !

— Pourquoi pas… Elle le mérite… Mais ne devrait-elle pas être avec son papa ? On ne vous connaît pas, Monsieur le beau parleur.

Elsje prend la parole. Elle n'a peur de rien.

— Ne vous inquiétez pas M'sieur Verduyn, c'est Rodri… Moctezuma dix-septième du nom. C'est un chevalier du roi d'Espagne. Il est mon ami. Il me reconduira après.

— Ton papa t'a encore oubliée ?

— Oui, il a parfois l'esprit ailleurs… Mais j'ai ma charrette. Tout va bien. Rodrigo et Lulu me pousseront jusqu'à la maison.

Les hommes sont rassurés. Tous boivent une grande gorgée de bière. Elsje est douée pour mettre les gens à l'aise. Elle distribue du bonheur et des sourires autour d'elle. Mais elle commence à devenir lourde. Je vais finir par la lâcher si on ne se décide pas pour une table. Les pièces de théâtre sur le Mexique et sa famille princière, cela s'apprécie aussi bien assis que debout.

Rod le sanguinaire pose son bras sur l'épaule flasque de la tavernière. Il lui parle à l'oreille comme à sa meilleure amie. Les clients s'arrêtent une nouvelle fois de boire et de causer. Ils regardent le chevalier sanguinaire et tendent l'oreille afin de saisir ses paroles. Ils ne veulent pas en louper une miette.

— Ma très chère dame, loin de moi l'idée de contrevenir sous votre toit à ce que vous pensez juste et bon pour le bien-être des enfants. Je suis entièrement d'accord avec vous. La jeunesse, à cette heure-ci, se doit d'être au lit depuis bien longtemps… Et elle n'a pas à fréquenter une taverne, aussi bien tenue soit-elle. Mais ici, voyez-vous, belle dame, nous avons deux futurs souverains qui doivent se rassasier avant de rejoindre leur royal vaisseau et fendre la vague en direction du port de Tampico.

La femme, figée comme un piquet mais ronde comme un tonneau, ne sait que dire face à un tel déferlement de grands mots aux accents si nobles et chantants.

— Allez, on s'assied, mes petits princes.

Rodrigo le fanfaron se retourne vers son auditoire et s'incline. Le salut est magistral. Il va finir par se casser le nez sur l'un de ses genoux. Les pêcheurs, gênés d'avoir observé la scène, replongent dans leur bière. Sans doute trop vite, car le chevalier sanguinaire reprend son spectacle.

— Servez-nous donc de cette soupe de moules dont m'a parlé un capitaine hollandais rencontré du côté de Chihuahua. Le pauvre homme avait fini par apprendre à vivre loin de son épouse, pourtant belle comme la rosée du matin et gentille comme Marie, la maman du petit Jésus. Mais de ce potage de mollusques, jamais, au grand jamais, le capitaine ne s'habitua à s'en passer.

Il dégaine son épée et place la pointe vers sa poitrine.

— Il avait essayé d'atténuer le manque par différentes soupes aux piments et aux cactus. Mais ce fut sans espoir. La vie sans soupe de moules lui était devenue impossible. Un soir, il a préféré se donner la mort au sommet d'une pyramide. Il s'est embroché comme un poulet. Il a perforé son estomac car c'est cet organe qui le faisait souffrir.

Rod baisse les yeux et se tait. Il repasse la lame de son épée dans son ceinturon. Il relève la tête et termine son récit terrifiant.

— Le capitaine hollandais est mort pour une belle cause.

La tavernière a les yeux qui brillent. Des larmes coulent le long de ses joues roses et tremblotantes.

7

J'AI POSÉ LA SIRÈNE SUR LE BANC, à côté de moi. Rodrigo s'assied en face de nous. Il nous montre ses trois dents. Il est content. Il enlève son casque. Je retire mes gants en vachette et j'arrache mon bonnet. Ma tignasse se répand sur mon front, mes joues et dans mon cou. Mes compagnons sont surpris par tant de cheveux.

— Tu as une crinière de lion !

Ah, ça, oui, mes cheveux, ce n'est pas rien. J'en suis fier.

Les trois bols de soupe fument devant nous. La dame nous a aussi apporté de grosses tranches de pain que nous tremperons dans le bouillon fumant. Cela promet d'être bon.

— Vous êtes vraiment allé au Mexique et vous avez connu ce capitaine qui est mort sur sa pyramide ?

— Mangez, les petits. Je vous conterai mon histoire, la vraie, l'authentique, celle qui ne sera jamais écrite dans les livres mais qui est pourtant celle que j'ai vécue… Je ne vous mentirai pas. Laissez-moi un peu de temps. Il est l'heure de manger et mes aventures risquent de vous couper l'appétit. Racontez-moi la vôtre d'abord.

Rod le sanguinaire nous fixe de ses gros yeux qui bondissent sous ses sourcils broussailleux. Il ne les tient pas longtemps dans cette position car son regard est attiré par la soupe de moules. Le fumet lui entre dans les narines et sa tête tout entière disparaît derrière le bol. Il le tient solidement à deux mains. Il produit d'horribles bruits de déglutition. Lorsque son visage réapparaît, le bas de sa moustache a changé de couleur et d'aspect. Elle est blanchâtre et humide. Des gouttes se forment et tombent sur sa poitrine. La propreté n'est pas la principale qualité de notre soldat-marin.

— La patronne a raison. Que fabriquaient des poussins de votre genre dans les rues à une heure aussi tardive ?

Il détourne la tête pour nous dire que lorsqu'il nous avait rencontrés, il ne s'était pas aperçu qu'il faisait nuit. Il ne dort jamais, alors, le jour et la nuit, il ne remarque pas la différence.

Elsje commence son récit. Elle lui parle de son père pêcheur, des filets et de sa charrette. Pas un mot sur son odeur de poisson. Notre rencontre prend des tournures d'histoire comique. Elle se moque de moi et rit beaucoup. Je ne lui en veux pas. Je l'aime bien, ce têtard.

— J'ai cru que c'était une sorte de bébé ours ! Vous auriez vu sa démarche pataude. Avec son gros bonnet ! Mais lorsqu'il m'a dit qu'il avait des vachettes au bout des mains, j'ai compris que c'était un drôle, Lulu. Il ne parle pas beaucoup, mais quand il se décide, c'est pour dire des choses marrantes. Pas vrai, Lulu ?

Je fais oui en agitant la tête. Le chevalier la scrute. On voit bien que quelque chose l'intrigue. Sa moustache frétille et ses sourcils se rapprochent. Il se gratte le menton, racle sa gorge et toussote. Il approche sa tartine de sa bouche, puis la redépose.

— Tu es née sirène ? Tu as un papa ou une maman poisson ? Ou alors, tu es devenue sirène par un tour de magie ?

— Je suis devenue sirène, j'avais six ans ! Ce n'est pas difficile. Ça se fait presque tout seul.

Moi, je n'aurais pas osé lui demander. C'est tellement étrange de posséder une queue à la place des jambes et des pieds. C'est sûrement secret. Cela m'étonnerait beaucoup qu'Elsje nous révèle son mystère comme ça, entre une tranche de pain et une soupe de moules. Elle sourit à nouveau. Et elle nous déballe toute son histoire.

— J'étais sur le bateau de mon père. Il s'appelle Femke. Le bateau, pas mon père. Femke, c'était aussi le prénom de ma maman. Cela s'est passé il y a cinq ans. Nous étions tous sur le pont, mon père, ma mère et moi. Et Marteen et Samuel, les pêcheurs qui travaillent avec mon père. La mer nous secouait, mais pas plus que les autres jours. Les hommes s'affairaient à la pêche. C'était un dimanche. Maman et moi, nous étions contentes d'aider les pêcheurs. J'avais six ans et demi et je faisais ce que je pouvais.

Je savais déjà repriser les filets. Lorsqu'ils ont lâché le chalut, tout le monde était à son poste et personne n'a vu que je jouais dans les cordages. J'en avais entouré un autour de moi. C'était l'un de ceux qui servent à traîner le chalut derrière le bateau. J'ai été attirée vers la mer. Samuel l'a vu et a crié. Ma mère a bondi, mais elle a mis son pied dans le filet et elle a été emportée. Mon père m'a attrapée, la corde s'est tendue et couic, mes jambes ont été tranchées.

Des larmes emplissent ses yeux. Les miens aussi. Et Rodrigo camoufle les siens sous les buissons qui lui servent de sourcils. Elsje pleure pour de bon. Sa voix tressaute.

— Mon père a dû choisir : retrouver ma maman qui avait disparu sous la surface ou m'emmener le plus vite possible chez un médecin. Et essayer de me sauver. Il savait déjà qu'il n'y avait aucun espoir de voir ma maman réapparaître. Ce que la mer prend, elle ne le rend pas. Il a décidé de rentrer au port.

Soudain son visage s'éclaire. Je commence à comprendre qu'Elsje ne reste jamais longtemps triste. C'est une poupée emplie de joie de vivre. Elle n'a même pas besoin d'essuyer ses larmes. On dirait qu'elles s'évaporent sous la chaleur de ses joues toutes rouges.

— Depuis, je suis Elsje de kleine zeemeermin, la reine des poissons. Et voilà pourquoi depuis cinq ans, parfois, mon papa est pris par ses pensées… Et il m'oublie au milieu des caisses de poissons. Mais jamais longtemps.

Elle se tait. Nous, on n'ose rien dire. Devant une petite fille aussi solide, on ne veut pas montrer que nous, les hommes, on se sent faibles et qu'à l'intérieur, on est gorgés de larmes. Elle fait semblant de ne pas le remarquer.

— Mon papa n'a jamais oublié ma maman. Moi non plus. Notre bateau s'appelle Femke comme la plus jolie maman qui a vécu à Rotterdam. Un jour, si je deviens la reine des poissons, je la retrouverai. Elle est sûrement devenue une sirène aussi. Parfois, je jette des tulipes dans la mer… pour ma maman.

J'essaie de me moucher discrètement et je fais un bruit infernal. Personne n'y prête attention.

— Chez nous, je remplace ma mère. Je fais la cuisine, mais ce n'est pas simple de se déplacer avec cette longue queue. Je dois nager dans la maison.

Elle est prise d'un fou rire. Elle attrape sa queue et nous la montre :

— C'est pas beau la broderie des écailles ?

— C'est superbe, lui dis-je.

J'ai envie de la prendre dans mes bras et de l'embrasser sur ses joues brûlantes de vie. Ce petit hareng de la mer du Nord n'est pas seulement un joli poisson, c'est aussi une fillette exceptionnelle.

Rod ne moufte toujours pas. Il se racle encore la gorge. Il prend délicatement la nageoire entre le pouce et l'index. Il caresse le tissu.

— J'ai traversé mille pays et je n'ai jamais vu de broderies si fines. On dirait de vraies écailles. Ce travail est admirable.

— Merci Rod. Merci Lulu. Vous n'êtes pas seulement des personnes rigolotes, vous êtes aussi les meilleurs amis du monde.

Je rougis. Rodrigo aussi.

— On ne la mangerait pas avant qu'elle soit froide, cette soupe ?

8

C'EST MON TOUR DE RACONTER. Je n'ose pas trop. C'est personnel. Et après celle d'Elsje, ma vie me semble tellement banale. Je mange la soupe. Elle est excellente. Je mords dans le pain. Je déglutis. Mes comparses sont aussi affamés que moi. On est bien, là, tous les trois. Il fait chaud. On ne se soucie pas des pêcheurs qui continuent de s'enivrer. Un bruit provient de derrière le bol de Rod. En réalité, ce n'est pas un bruit, mais une phrase dite avec de la soupe chaude en bouche. J'essaie de la comprendre. Ça résonne au fond du bol avant de me revenir aux oreilles. Quelque chose comme : « Et toi, c'est quoi ton histoire ? » Il ne me laissera pas tranquille. Il veut savoir.

— Oui, dis-nous en plus, Lulu.

La poissonne insiste aussi. Je dépose le bol, me frotte la bouche du revers de ma manche et me jette dans l'arène. J'explique le piano, lorsque j'étais tout petit. Puis, le piano encore et encore. Toute ma vie, assis face à un piano. La ville de Bonn, jolie, agréable, et la musique, toujours la musique qui sort de partout, de tous les palais, de toutes les églises. Je raconte mon grand-père qui a étudié à Malines et qui fut chanteur à Louvain et à Liège. Un chanteur extraordinaire. Ensuite, il est devenu maître de chapelle à la cour du prince électeur. Une fonction très importante et prestigieuse. Il est mort lorsque j'avais trois ans. Je m'en souviens peu, mais je pense à lui tous les jours. Il est à mes côtés lorsque je joue. Il me parle et m'indique quelles émotions chercher dans l'instrument et comment les traduire en musique. Je parle de ma mère effacée et de mon père... De mon père... J'arrache un morceau de mie de ma tartine et racle le fond du bol. J'éponge le reste de soupe et porte le tout à ma bouche. Je mâche, avale, et reprends mon récit : mon père, son talent insuffisant, sa carrière ratée, et les leçons qu'il dispense. Ces leçons dont je suis le principal élève et la principale victime. Il a décidé que je serais ce qu'il n'a pas su être. Un grand musicien.

— J'ai donné mon premier concert à la cour du prince électeur de Cologne. C'était en 1778, j'avais sept ans. Je jouais déjà très bien du piano, mais mon père voulait faire de moi un enfant prodige. Pour donner l'impression que j'étais un génie, il a menti. Il a déclaré au prince électeur que je n'avais que six ans. Il n'hésite devant rien pour arriver à ses fins. Même à mentir au prince électeur. Le concert fut bon, mais mon père le voulait excellent. À partir de ce jour, afin d'accélérer mon éducation et de faire de moi un immense pianiste, le plus grand de tous, mon père a mis au point une nouvelle pédagogie, celle des coups et des humiliations. Il me frappe et m'insulte. Je crois qu'il adore ça. Comme professeur, c'est hélas son seul talent.

La petite Elsje et le grand Rodrigo m'écoutent avec beaucoup d'attention. Leurs yeux sont grands ouverts. La bouche de Rod aussi. Un filet de bave à la soupe de moules coule de la commissure de ses lèvres. Il ne s'en rend pas compte.

— Un grand musicien ne lui suffit pas. Il a décidé que je devais être le plus grand. C'est beaucoup plus difficile. Il faut étudier, apprendre et répéter chaque minute de chaque heure de chaque jour. Je ne sais pas si j'y arriverai. Pour mon père, il n'y a pas de doute. Je n'ai pas d'alternative. Je le serai. Et la meilleure solution pour y arriver est de me frapper. Il est convaincu que la musique s'apprend par l'étude, la contrainte et la violence.

Je sens une chaleur m'envahir les joues. Mes yeux sont secs et transpercent l'espace devant moi. Je fixe mes nouveaux amis avec une telle force qu'ils se reculent tous les deux un peu sur leur banc. Rodrigo referme sa bouche.

— Ma musique sera applaudie autant de fois que la paume de sa main aura claqué sur mes fesses. Et dire que c'est lui et lui seul qui veut que je devienne ce génie encensé et insensé. Il croit que cela fera son bonheur. Il ne sait pas encore que ce sera l'inverse. Il regrettera. Aujourd'hui, il est seulement méchant mais demain, si j'arrive à être le meilleur, il sera jaloux. Fou de jalousie. Si je n'y arrive pas, il ne me demandera pas pardon. Il en est incapable. Au contraire, il me rossera encore jusqu'au jour où, de rage, les veines de son front exploseront. Et je serai libéré. Libre à jamais. S'il ne me tue pas avant.

Un silence envahit notre table. On n'entend plus les marins qui plaisantent et qui chantent. On ne perçoit plus les pintes vides qui claquent sur le bois usé des tables.

— Tout ça n'arrivera jamais, car je suis parti ce soir… Définitivement. Je ne rentrerai pas à Bonn…

Rod le sanguinaire se prend la moustache en main. Il la frotte frénétiquement. Il lève un bras d'une telle longueur que je me demande comment il ne casse pas tout ce qui se trouve à sa portée. Pourtant, il arrive à le contrôler. C'est sans doute un avantage pour un soldat de posséder des membres démesurés.

Il appelle la tavernière et paie.

9

LE CASQUE VISSÉ SUR LE CRÂNE et l'épée amarrée à la taille, notre chevalier sanguinaire pousse la charrette avec cette dignité dont se parent les grands militaires avant le combat. À nous trois, nous nous sentons capables de vaincre les plus hautes montagnes, les pics les plus acérés. Sauf que la Hollande, c'est aussi plat qu'un lac. Pas de monts ni de collines. Pour admirer un paysage, il faut grimper au sommet d'un moulin ou gravir une dune. Elsje nous guide. Elle connaît chaque recoin de Rotterdam. Elle sait où se situe le bon pont pour rejoindre la bonne rue.

— Excuse-moi, Elsje.

Une expression d'interrogation s'affiche sur son visage.

— Pourquoi t'excuses-tu ?

— Pour tout à l'heure… Pour mon père.

— Mais ton père, ce n'est pas moi qu'il frappe, c'est toi !

Elle ne semble pas comprendre.

— Je veux dire que toi, tu as perdu ta mère. C'est très triste. Moi, j'ai la chance d'avoir mes deux parents. Même si l'un des deux n'est pas très gentil, il est là, il existe. Il est vivant.

Elle me regarde comme si j'étais fou ou abruti. Parfois, les filles, ça comprend beaucoup plus vite que les garçons. Mais parfois pas.

— Ce soir, j'ai fugué. Je ne veux plus voir mon père. Et toi, tu aimerais que ta mère réapparaisse.

Les mots ne sortent plus. Je n'arrive pas à terminer ce que je voulais dire. Sa main sort de la charrette et m'attrape le bras. Je sens ses petits doigts à travers l'épaisseur de mon lourd manteau.

— Je crois que ce n'est pas bien ce que je fais… J'ai deux parents et je ne fais que me plaindre. Toi, tu n'en as qu'un et tu arrives à être joyeuse tout le temps. Tu ris sans jamais t'arrêter.

Les roues du chariot claquent sur les pavés.

— Ce n'est pas vrai, je ne ris pas tout le temps. D'ailleurs, à la taverne, j'ai pleuré.

Elle me tient toujours. La pression se fait plus forte. Elle me regarde du coin de l'œil. Le bleu de son regard redevient lumineux comme un ciel d'été.

— J'ai une bonne raison d'être heureuse. J'ai onze ans et je suis déjà la meilleure repriseuse de filets de pêche du monde. Toi, tu as une bonne raison de ne pas être content. Tu as onze ans et tu n'es pas le meilleur musicien du monde. Tu vas encore devoir travailler beaucoup. Et si tu ne progresses pas assez vite, je serai obligée de te donner une bonne fessée, mon gaillard ! Prépare ton derrière !

Elle n'est pas au bout de sa phrase que j'entends un son de violon désaccordé sortir de sa gorge. Ça fait trembler son corps par petites saccades. Elle rit si fort qu'elle va réveiller tout Rotterdam. Je ris aussi. Impossible de me retenir.

— Oh, les enfants, j'en pousse une, mais je ne tire pas l'autre. Lâche donc Lulu, Elsje.

Il est assez grand pour marcher tout seul. Pas besoin de le traîner derrière toi. Nous nous retournons vers le chevalier sanguinaire et nous nous esclaffons de plus belle. Les petits doigts de la sirène libèrent ma manche et la moustache de Rodrigo se relève pour nous montrer son trio de dents.

Il n'y a personne. Nous avons quitté les rues où les maisons se soutiennent mutuellement, s'évitant ainsi de glisser dans les canaux. Nous rejoignons une banlieue plus pauvre. Ici, les murs de briques rouges s'effritent. Certains se sont écroulés. Le vent souffle fort. Mon nez disparaît dans mon foulard. Quelques flocons tombent du ciel. J'en reçois un dans l'œil. C'est très froid. Ça me pique jusqu'au milieu du cerveau. Je serre les dents.

— Ici, à droite, se trouve l'auberge de Monsieur Huismans. Arrêtons-nous un instant. Je voudrais vous montrer quelque chose.

Rod pousse la charrette contre le mur pour mettre Elsje à l'abri des rafales. Il nous demande de l'attendre. Il y a de la lumière derrière les vitres. Il pousse l'épaisse porte de bois noir et disparaît dans l'étrange demeure.

Elsje et moi ne disons rien. Elle souffle sur ses doigts. Je lui propose mes gants. Si c'est Rodrigo qui continue à pousser la carriole, je peux enfoncer mes mains dans mes poches. Elle refuse.

— Je suis Hollandaise. Le froid, je connais ça. Je l'aime bien. Le gel sur les herbes sèches rend le pays encore plus joli.

Les flocons dansent autour de nous. On ne dit plus rien.

Rod s'est introduit dans cette maison. Connaît-il le propriétaire ? Il veut nous montrer quelque chose, mais quoi ? Un objet lui appartenant ? J'espère qu'il n'est pas en train de commettre un vol ? J'en serais le complice. La petite truite aussi. J'ai fugué il y a quelques heures dans le but de connaître une vie meilleure et je suis peut-être déjà un brigand.

— Elsje, tu crois que Rodrigo est occupé à cambrioler cette maison ? Ou de perpétrer un meurtre ?

— Non, je ne pense pas. Ce grand bonhomme ne ferait pas de mal à un anchois.

— Tu as sans doute raison. Je me demande quand même ce qu'il fait…

La porte s'ouvre. Rodrigo le sanguinaire nous offre un sourire qui s'allonge sous les poils de brosse de sa moustache. Son casque est de travers et lui tombe sur le nez. Il conserve néanmoins le panache des grands militaires. Une couverture pend à son épaule. D'une main, il tient une lanterne en verre coloré qui renferme une bougie. Une lumière diffuse nous permet de mieux distinguer les flocons de neige qui dansent autour de nous. De l'autre main, il pose un tube de cuir rigide sur la charrette, à côté du petit poisson. Il tend la lanterne à Elsje avant de la recouvrir de la couverture de laine. Avec la délicatesse d'une maman chat, le chevalier la protège des morsures de l'hiver. La sirène ronronne. Elle fait moins de manières qu'avec mes gants de vachette. Rodrigo ajuste le tube entre Elsje et le bord du chariot et il attrape les brancards.

— On verra cela plus tard. La route est longue jusqu'à la mer, ne perdons pas de temps.

Nous quittons la ville. Les maisons s'espacent. On ne parle plus. Même Elsje. Ses mains sortent de la couverture pour soutenir solidement la lanterne. La flamme est protégée. Le vent et la neige ne peuvent la faire vaciller. Il suffit de la maintenir droite. Il est tard, il fait froid et la neige nous fouette le visage. Je lorgne vers le tube et n'ose pas poser les questions qui me tarabustent. Que contient-il ? Est-ce le résultat d'un vol ou est-ce Monsieur Huismans qui a confié cet objet mystérieux à Rodrigo ? Un de ses sourcils s'élève sur son front pour se glisser sous la bordure du casque. Il dévoile un œil qui me toise.

— Quelle est ta question ?

— Quelle question ?

— Tu sais bien, la question que tu veux me poser…

— Ce n'est pas une… Enfin, oui… Qu'est-ce que c'est ?

— Qu'est-ce que quoi ?

— Le tube en cuir…

— Ah, ça ! C'est… une surprise.

— Vous l'avez volé ?

— Non ! Rodrigo Pánfilo Núñez de Alvarado y Carranza n'est pas un voleur. Que vas-tu imaginer là ?

— C'est que vous l'avez pris dans la maison de Monsieur Huismans. Et si c'est chez Monsieur Huismans, c'est que ce n'est pas chez vous, chevalier.

La sirène ne dit rien. Pelotonnée sous sa couverture, elle somnole. La lanterne est coincée entre son dos et le bord du chariot. Elle est abritée du vent et de la neige. Le chevalier sanguinaire s'est égaré dans ses pensées. Tout à coup, il revient à la réalité.

— J'habite chez Monsieur Huismans. Sa maison est une auberge. Je loge sous les combles. Ce qui est dans ce tube, c'est tout ce que je possède. Ma fortune. Il y a toute la beauté de l'univers, là-dedans. Je pense que tout le monde a droit à cela, que l'on soit pianiste, sirène ou chevalier. Je partagerai un peu de cette merveille des merveilles avec vous deux... un peu plus tard. Car c'est une...

— Une?

— Une surprise, mon cher Lulu.

Rod me toise. Mais cette fois, il sourit sans ouvrir la caverne qui lui sert de bouche. Il craint sûrement d'engloutir trop de neige.

— Vous savez, les enfants, j'ai vu l'enfer de mes yeux.

D'un coup, les larmes jaillissent. Cette fois, il pleure pour de bon. Tout chevalier du roi qu'il est, c'est aussi un grand gaillard fragile.

— J'ai participé à répandre le feu de l'enfer sur Terre. Je me suis comporté comme le pire des hommes.

Que veut-il dire ? Je ne comprends pas. Il me fait peur...

10

— JE N'AI JAMAIS ÉTÉ AU MEXIQUE.

— Ah ?

— Non, j'ai lu des livres.

La route n'est plus qu'un sentier qui se faufile entre les dunes. On s'approche du Flakkee. Rod et moi laissons dans la neige les traces de nos pas. Les roues du chariot d'Elsje gravent deux lignes parallèles. Elles se font la course vers l'horizon. À cette heure, il n'y a plus d'heure. Sommes-nous encore aujourd'hui ou déjà demain ? Tout ce que je sais c'est que l'instant est grave. Rodrigo Pánfilo Núñez de Alvarado y Carranza va nous raconter sa vie, et je pressens que cela ne va pas être de tout repos. Il se replie, il n'est plus qu'une courbe sombre dans un décor éteint. Ses mains se crispent sur les brancards. D'un débit monotone, il annonce son histoire. Un univers m'ouvre ses portes de bronze et c'est un chevalier spectral qui en détient les clés.

— Je reviens du Pérou. C'est très loin du Mexique, mais cela y ressemble. Depuis des siècles, les deux pays sont sous la coupe de l'Espagne et vivent l'enfer. L'un est appelé par l'occupant Vice-royauté du Pérou et l'autre, Nouvelle Espagne.

L'homme courbé s'immobilise.

— Écoutez-moi bien, le pianiste virtuose et la sirène de la mer du Nord. Vous êtes des enfants et, bien que quotidiennement vous vous leviez pour retrouver un père qui frappe sans vergogne ou pour vous souvenir d'une mère disparue entre deux vagues, vous vivez le plus bel âge. Vous pouvez encore décider ce que sera votre vie. Votre vie d'adulte. Vous avez un devoir, celui de garder la maîtrise de votre destin, malgré l'inconnu qui se cache derrière chaque coin de rue. Et il y a une chose avec laquelle il ne faut jamais transiger.

Voilà qu'il rugit. Son cri emplit l'espace.

— Et cette chose, c'est la liberté !

La phrase est emprisonnée dans un sanglot. Rodrigo reprend sa marche. Il pousse Elsje. La sirène sortie de sa somnolence se redresse. Elle installe la lanterne au creux de la couverture. Elle ajuste sa position et trouve son équilibre. Le froid ne nous touche plus. Nous ne faisons plus qu'une chose : nous écoutons le chevalier sanguinaire sombrer dans le souvenir de ses blessures.

11

— PAR-DELÀ LES OCÉANS, l'Espagne s'est arrogé nombre de pays et de contrées. C'est ce qu'on appelle les colonies. Les populations locales ont été asservies afin d'accroître la fortune de l'Espagne et de ses dirigeants. Le conquistador Francisco Pizarro a débarqué au Pérou en 1531 et a envahi l'Empire inca. Il a commencé par faire exécuter l'empereur.

Rodrigo évoque avec ferveur ces événements qui se sont déroulés il y a deux cent cinquante ans. Il frémit, bondit et se redresse. Il donne des secousses à la charrette. Afin de ne pas laisser tomber la lanterne, Elsje la tient rivée contre elle. Les expressions passionnées du chevalier éblouissent la nuit.

— Les soldats espagnols se sont éparpillés sur la planète entière. Ce qu'ils ont fait et font toujours est mal. Très mal. Rien ne justifie des actes de violence commis au nom d'un roi ou d'un dieu. La terre du Pérou aurait dû rester aux Indiens qui la cultivent et non aux riches seigneurs qui s'empiffrent de pâtés de cigogne et de cuisses de gazelles dans des palais à Madrid. Ceux-là, ils ne veulent que de l'or, des territoires et du pouvoir sans bouger leur gros derrière de leurs coussins en soie de Chine.

Rodrigo marmonne :

— Je ne les aime pas... Je ne les aime pas...

Il s'agite, lève un bras puis l'autre et manque de retourner la charrette. Elsje s'agrippe au bord. Elle redresse de justesse la lanterne.

— Laissez, Chevalier, je vais pousser le chariot pendant que vous nous contez vos aventures.

— Merci, mon bon Lulu.

Je sens Elsje rassurée. Elle se décrispe. Le chemin tapissé de neige serpente entre les dunes. Mais je suis costaud et pousser cette carriole qui sent le poisson n'est pas plus difficile que lorsque nous étions sur les pavés glissants des rues de Rotterdam. Nous avançons sans nous intéresser aux monticules de sable et aux ruisseaux figés par le gel de ce paysage lunaire. Nos esprits migrent vers un autre pays.

— Le Pérou est avant tout un désert qui n'en finit plus. Il s'accroche à l'océan Pacifique comme un enfant retenant son père par la main. Le Pérou revêt un manteau composé de mille cotonnades différentes. Sa première manche, usée jusqu'à la trame, n'est que sable et dunes. Elle est similaire à l'endroit où nous nous trouvons, mais elle est aride. Son autre manche est tissée dans les pierres les plus précieuses d'une chaîne de montagnes. On ne peut imaginer où pointe son épaule et où dépassent ses doigts. Une telle démesure est inconcevable pour l'esprit humain. Cette étoffe riche et accidentée s'appelle cordillère des Andes, mais là-bas, on la nomme sierra. Ses sommets percent les nuages. L'eau des torrents surgit d'entre les roches et dévale les côtes des volcans à jamais enneigés. Sur les hauteurs de la Puna pousse le ichu, cette herbe qui fait le délice des lamas et des alpagas, ces petits dromadaires sans bosse.

— Des dromadaires sans bosse ?

— Comme je te le dis. Les Indiens les élèvent comme nous élevons les moutons. Avec leur laine, ils tissent des vêtements chauds et bariolés.

— Vous avez connu d'autres animaux extraordinaires, chevalier sanguinaire ? Ils attaquent les gens et les dévorent ? Faut-il les chasser ou peut-on les apprivoiser ?

— Il y a de tout, petit poisson. Les lamas et les alpagas sont gentils. Mais si tu les embêtes, ils te crachent au visage.

— Ils crachent comme ça ?

Elsje crache par-dessus le bord de sa charrette et son rire, assoupi depuis le départ de la taverne, nous offre de nouveaux grincements. Si elle venait à Bonn, je l'amènerais chez un luthier qui pourrait accorder ses cordes vocales. Nos oreilles et nos nerfs seraient sauvés.

— Oui, ils crachent comme ça. Sur les pentes de l'Altiplano, le condor des Andes déploie des ailes plus grandes que la voile d'un bateau. Il tourne en rond dans le firmament et soudain, alors que tu ne t'y attends pas, il plonge sur un alpaga. Il lui enfonce ses serres dans le dos et disparaît sur un pic rocheux avec son festin. Dans la selva, la jungle impénétrable, les bêtes féroces guettent leurs proies. Les jaguars égorgent des coatis, les pumas éviscèrent des fourmiliers. Sur les branches noueuses des huayruros géants, les majestueux perroquets rouges et bleus et les singes-araignées poussent des cris à effrayer les morts. Sous les racines qui se mêlent aux lianes, les serpents venimeux glissent silencieusement. Le caïman, dont seules les narines frétillent à la surface d'une mare boueuse, attend son repas. Ce sera peut-être un zungaro, un poisson-chat qui fait deux fois ta taille et trois fois ton poids, petite sirène.

Elsje frémit. Moi aussi. Je ne sais pas si j'aimerais habiter au Pérou. Serait-ce raisonnable de fuir mon père pour me retrouver entouré de jaguars? Les vaches dans les champs me suffisent. Voilà des bêtes sympathiques. Jamais à attaquer quelqu'un. Paisibles. Nonchalantes. A-t-on déjà vu une vache étriper un autre animal? Puis, une vache, ça fait du lait et j'aime bien le lait. Le petit de la vache, la vachette, ça donne aussi cet excellent cuir dont on fait de belles paires de gants. Oui, une vache, c'est mille fois plus agréable et utile qu'un condor des Andes.

— Et dans le Pacifique, les poissons, ce sont les mêmes que dans la mer du Nord ?

— Non, non, non. Les poissons sont très différents. Ils sont titanesques.

— Titanesques ? Vous voulez dire démoniaques ?

— Non, pas démoniaques. Les hommes sont démoniaques. Les animaux tuent pour manger. Les hommes tuent pour tuer. Les poissons de l'océan Pacifique sont armés, mais seulement pour se défendre contre les hommes. On pourrait aisément supposer que ces créatures du fond des abysses sortent du laboratoire d'un scientifique dément. Le marlin avec sa crête épineuse qui s'étend du haut de la tête au milieu du dos semble être une machine de guerre fondue dans le métal le plus solide. Son bec est une épée si longue et affûtée qu'elle pourrait embrocher quatre hommes à la fois. Le marlin est lisse, noir et rapide comme un éclair éructé par un ciel déchaîné. Si la fin du monde nous était un jour annoncée, je parierais que le messager serait un marlin bondissant des flots. La raie léopard ressemble à la cape de Satan. Son dos est noir piqué de points blancs et son ventre immaculé. Elle vole sous l'eau comme le condor dans le ciel. La mer au Pérou est un théâtre prodigieux et terrifiant. Heureusement, on y croise aussi d'aimables otaries à crinière qui ressemblent à de gros chiens pataunds.

La lanterne ne nous permet pas de voir au-delà de quelques pas. Ce n'est qu'en dépassant un buisson décharné ou un arbre recroquevillé par l'hiver que nous nous apercevons de leur présence. À l'approche d'une dune trop abrupte, le sentier fait un large détour. Avec la charrette, je vire à droite. La colline de sable nous protège de la neige. Elle nous fouettait, dorénavant elle nous caresse. À l'attitude de Rodrigo, dont le dos reprend sa forme arquée, je devine que le chapitre sur les animaux redoutables, leurs dents acérées et leur appétit vorace, va se boucler. Il va nous reparler des hommes.

— En Espagne, si ta famille est riche, tu es d'abord envoyé à l'école chez les Jésuites et ensuite dans de grandes universités. Tu peux étudier la littérature, la médecine, toutes les sciences de la Terre et des astres. Tu apprends à devenir quelqu'un d'important, un ecclésiastique, un notaire, un savant ou un militaire. Si tes parents sont très fortunés, tu peux même décider de ne rien faire. Tu t'embêtes dans ton château, tu fais la sieste, tu te promènes à cheval, tu chasses, tu te goinfres à chaque repas, tu refais la sieste, tu te maries et fais des enfants, tu te prends quelques maîtresses, et tu maltraites tes domestiques pour montrer que c'est toi qui as de l'argent et qui es le chef. Et après cela, tu refais la sieste dans ta chemise de nuit en soie de Chine.

Je ne sais pas si ces gens qui ont trop d'argent amusent Rodrigo ou le fâchent.

— Dans ces universités, on enseigne aussi la stratégie et les arts de la guerre. Quelques années dans la marine suffisent à faire de toi un grand capitaine. Par contre, si tu es pauvre, tu as le choix entre rester pauvre, devenir un brigand ou t'engager dans l'armée ou la marine. Mais dans ce cas, tu ne seras jamais capitaine de vaisseaux ou général. Tu recevras ta paie et de quoi manger. C'est ce que j'ai choisi. Pendant des années, j'ai été traité comme un moins que rien, j'ai travaillé dur, j'ai exécuté les ordres à la lettre, j'ai agi comme un criminel, mais toujours à la demande et avec la bénédiction de mes supérieurs. Pour la plus grande gloire de la couronne d'Espagne. J'ai offert ma liberté à Sa Majesté le roi Charles III contre quelques escudos. J'ai si bien vendu mon âme au diable que j'ai été récompensé. On m'a donné un cheval. Ensuite, on nous a embarqués, Huracán, mon étalon alezan, et moi sur une frégate.

— Vous avez un cheval ? J'aimerais avoir un cheval, moi aussi. Ou une licorne.

— Pour un cheval, c'était un beau cheval, petite sirène. Un sultan venu d'Orient. Un pur-sang arabe, le plus fidèle des amis. Il a partagé mes joies, connu mes doutes et a été le complice de mes forfaits. Sous le soleil brûlant du désert ou dans l'humidité irrespirable de la selva, il a toujours été là pour m'aider, me soutenir, me sauver. Qui mieux qu'un cheval peut entendre et comprendre un soldat ? Ce camarade ne fléchissait jamais devant le danger. Une vraie monture de Bédouin. Sur ses sabots légers comme des plumes de cygne, il ne marchait pas, il dansait. Avec son front large, son chanfrein court et ses nasaux ouverts aux vents des sommets, il faisait preuve de plus de discernement que bien des hommes. Il s'appelait Huracán. Il s'appelle toujours Huracán, mais ce n'est plus mon cheval. Il est resté au Pérou. Il appartient à l'armée. Aujourd'hui, il a un autre cavalier.

— Vous êtes triste, Rodrigo ? Il vous manque ?

— Oui, beaucoup.

Le chevalier sans cheval se force à sourire à la petite fille sans jambes. L'obscurité camoufle les sentiments. La lanterne inonde le visage d'Elsje d'une douce lueur. Son visage est en velours.

— Si j'avais un cheval, il tirerait ma charrette. Ce serait mon meilleur ami comme Huracán était le vôtre. Mais j'ai déjà deux meilleurs amis qui se relayent pour me conduire à la mer. L'un est un soldat sanguinaire, l'autre un grand pianiste. Et lorsque celui-ci retire son bonnet, on remarque que sur son crâne a poussé une crinière plus longue et plus jolie que celle d'un cheval de babouin.

— De Bédouin !

Avec Rodrigo, on ne comprend pas tous les mots, mais même quand son histoire est triste, on finit toujours par rire. Ça grince devant moi et j'admire trois vieux bouts de dents à ma gauche.

Je pourrais parler de mon piano comme Rodrigo le fait de son cheval. Je ne le quitte jamais. Sauf depuis que je suis en Hollande. C'est un ami de tous les jours, un confident. Seul mon piano sait quand je suis triste. Personne d'autre ne peut traduire aussi magnifiquement mes joies. Hélas, une fois son couvercle rabattu, un piano est une chose morte. Un objet inanimé. Du bois, du métal, un peu de feutrine… Rien de plus. Il est aussi lourd qu'un cheval de trait, bourré d'organes, de veines, de nerfs, mais il ne respire pas. Si je veux lui parler, je dois lui insuffler de la vie. Chaque matin, je soulève son couvercle, je le ressuscite, je caresse ses touches, je l'interroge pour qu'il me réponde. C'est moi qui vais vers lui, jamais l'inverse. Je n'ai droit à ses hennissements, aussi divins soient-ils, que si je me dévoue, la journée durant, à m'occuper de lui. La relation entre Rodrigo et son cheval, c'était le contraire. Sans Huracán, Rodrigo ressemble à un cadavre qui marche. C'est son cheval qui le maintenait en vie. Désormais, Rodrigo est un fantôme errant dans les dunes enneigées en compagnie d'une demi-fillette et d'un garçon aux cheveux fous.

12

— JE SUIS RESTÉ SEPT ANS dans la garnison de Cuzco. Au beau milieu de ce Pérou qui recèle tant de splendeurs. La vie y est agréable, surtout lorsque l'on se trouve dans le camp des plus forts. J'aimais passer mon temps avec une bande de soldats aussi idiots que moi et mon cheval, fin et racé comme un aigle. C'est là, à Cuzco, que j'ai entendu parler pour la première fois de José Gabriel Condorcanqui Noguera. Son père était un curaca. Un chef indien. José Gabriel avait étudié chez les Jésuites et à l'université San Marcos de Lima. Il y avait lu beaucoup et portait un vif intérêt au passé inca et hispanique du Pérou. Il avait vite compris que depuis deux cent cinquante ans, les choses n'avaient pas beaucoup changé. Les Indiens étaient asservis par le pouvoir espagnol. Les hommes étaient obligés de descendre dans les mines ou de se casser le dos au milieu d'immenses exploitations agricoles. Les femmes étaient envoyées dans des ateliers de tissage. Leurs conditions de travail étaient inhumaines et tout manquement était immédiatement réprimé par de violentes punitions.

La neige tourbillonne autour du casque brillant du chevalier. Le fantôme avance. Il pose sa main sur le pommeau de son épée, comme pour vérifier si elle est toujours là, maintenue par son ceinturon.

— José Gabriel a écrit aux autorités pour dénoncer cette situation insupportable, pour exiger le respect des droits des Indiens. Il n'a jamais reçu de réponse de la part du corregidor Antonio de Arriaga, le représentant de l'autorité espagnole. Rien n'a changé.

Elsje et moi sommes rivés aux lèvres de Rod. Ce périple péruvien est passionnant. J'espère qu'il est vrai. Rodrigo nous a déjà dit des choses tellement hallucinantes à propos du Mexique, qui étaient inventées, que je ne sais plus ce que je dois penser. Ses yeux sont fixes et humides, il ne remue plus les sourcils, sa moustache est entrée en hibernation et même sa bouche ne dévoile plus ses reliques de dents. Son visage ressemble à une statue de marbre qui parle en bougeant à peine les lèvres. Ce changement d'apparence me rassure. L'histoire du Pérou et de José Gabriel le métis est véridique, je n'en doute plus.

— C'est ainsi qu'il y a tout juste un an, une révolte a éclaté. José Gabriel Condorcanqui Noguera a changé de nom. Il a décidé de prendre la même identité que Túpac Amaru qui fut, il y a deux siècles, un ennemi implacable des envahisseurs espagnols. José Gabriel est devenu Túpac Amaru II et a pris la tête du soulèvement. La foule s'est jointe à lui. Et ç'a été la révolution. Antonio de Arriaga a été capturé et exécuté. Túpac Amaru II a décrété l'abolition de l'esclavage et du travail obligatoire dans les mines. Les ateliers de tissage ont été incendiés. Pour les Indiens, Túpac Amaru II est devenu la réincarnation de son prédécesseur. Ils ont été des milliers à intégrer ses rangs. Ils ont attaqué les troupes espagnoles de Sangarará. La victoire a été rapide. Túpac a démontré ses talents de politicien et d'orateur. Il espérait une société plus juste. Plus harmonieuse. Il souhaitait que tout le monde puisse vivre ensemble. Que tout le monde soit égal. Ceux qui avaient été méprisés, humiliés, écrasés sous la botte colonialiste l'écoutaient. Ils épousaient sa cause. Leur cause. Tous ensemble, ils ont pris d'assaut d'autres villes. Même Lima.

— Chevalier, vous parlez d'égalité, de liberté, mais ils sont partis en guerre !

— C'est le paradoxe de l'être humain, petit poisson. Pour se sortir d'une situation violente, il faut parfois user d'une violence encore plus intense. Les révolutions en sont la preuve incontestable. Et dans ce cas-ci, on avait bel et bien une révolution. Les armes des victimes contre les armes des tortionnaires. Les poings des persécutés contre les poings des bourreaux. Tous ont découvert que la vraie égalité dans une guerre est celle du sang. Que la couleur de ta peau soit blanche comme la farine ou dorée comme le pain sorti du four, le sang est toujours rouge. Le même rouge. Et ils ont réussi : en quelques semaines seulement, l'autorité espagnole s'est mise à vaciller.

13

LA LUMIÈRE DE LA LANTERNE filtre entre les mains d'Elsje. Elle nous permet de nous voir et de savoir que nous existons. Le froid a endormi nos corps. Nous marchons en oubliant que nous marchons. Nous traversons une nuit sans fin. La mer n'est plus très loin. Je la sens. Et cette fois, ce n'est pas d'Elsje qu'émanent ces arômes maritimes. Les flocons de neige visent mes yeux et ma bouche. Cela n'empêche pas d'être au Pérou au côté de Túpac Amaru II, le chef de la rébellion. Le guerrier de la liberté retrouvée du peuple indien. Dans ma tête, je compose une symphonie pour accompagner cette épopée sauvage. Une symphonie pour un millier de tambours et autant de flûtes. Des flûtes taillées dans le bois brut des arbres de la jungle millénaire. On peut jouer de ces instruments en marchant, en courant, en se battant. La population indignée avancerait en rythme vers son destin. L'envahisseur serait pris de panique dès les premières notes de l'ouverture. Ma musique inciterait au courage dans un camp et instillerait la crainte dans l'autre.

— Túpac Amaru II est descendu vers le Sud, jusqu'aux rives du lac Titicaca. Il s'est rendu dans chaque village. Il parlait, expliquait, convainquait. Les Indiens de tout le pays se ralliaient à lui. Lorsque son armée a dépassé les cinquante mille hommes, il a décidé de passer au dernier acte de ce drame guerrier. Il a pris la tête de sa troupe et a marché sur Cuzco.

Rodrigo inspire bruyamment avant de repartir dans son combat péruvien. La petite sirène et moi, nous savons tous les deux que les derniers moments de l'aventure vont se jouer là, ici, partout autour de nous, sur les dunes de Hollande.

— J'étais là, avec mes camarades. Nous attendions José Gabriel Condorcanqui Noguera, devenu Túpac Amaru deuxième du nom, pour l'affrontement final. Nous avions eu le temps de nous préparer. Nous avions renforcé les murailles de Cuzco. Les entrées de la ville avaient été fortifiées. Armés de mousquets, d'arquebuses et de pistolets, nous étions parés. Les Indiens n'avaient que des bâtons et des couteaux. Le 2 janvier, Túpac lança l'assaut. Nous tuâmes un grand nombre de révolutionnaires. Eux aussi, la rage au cœur et le ressentiment en bandoulière, nous décimèrent. Des bras furent tranchés, des têtes défoncées, des poitrines transpercées. Le sang giclait. Il ruisselait sous nos pieds. Les cris de fureur se mêlaient aux hurlements de douleur. La cruauté était l'unique religion dans les deux camps. Aucun humain ne devrait connaître ça. La bête la plus féroce qui s'apprête à fondre sur sa proie a la patte plus douce et l'œil plus tendre que l'Espagnol et le Péruvien face à face, un couteau à la main. Ils ont le goût âcre du sang en bouche. L'homme est un loup sanguinaire. Une fois qu'il a mordu les chairs de son adversaire, il n'en oublie jamais la saveur. Il n'aura de cesse de vouloir se nourrir à nouveau des entrailles de son ennemi. Rien n'apaisera sa faim. Lorsque tu tues une personne, tu es capable d'en tuer mille. Combien en ai-je envoyé au paradis des Indiens? Je ne sais pas.

Je ne sais plus. J'aimerais effacer cette barbarie de ma mémoire, mais c'est impossible. Je porterai ce fardeau jusqu'au dernier jour, et ce n'est que justice.

Des lumières rouges sortent des yeux de Rodrigo. Ils sont comme des soleils brûlants de douleur.

— Écoute-moi bien, petite sirène de la mer du Nord, Elsje la délicate brodeuse de chaluts, princesse Guadalupe Medio de Un Pez, prochaine reine des Caraïbes et de Californie, toi dont l'amitié est plus forte que la proue d'une goélette fendant la glace des Terres australes, toi la fée de cette nuit surnaturelle. Et toi aussi, Lulu le jeune virtuose, magicien du piano-forte, lionceau allemand, jeune prince Puma Salvaje de la Bosque Virgen, grand commandeur de l'armée aztèque et prélat en chef de l'église du Yucatán, toi dont les doigts créent les plus exquises des musiques, des odes à la liberté et des hymnes à la joie, toi qui sais écouter un vieux fou gesticulant avec un casque cabossé et une épée tordue, toi le fugueur furieux comme la houle du cap Horn et calme comme les eaux d'un lac scandinave, toi l'ami idéal, écoute-moi. Écoutez-moi tous les deux. Ce que je vais vous conter à présent, je ne l'ai encore révélé à personne. Nul ne m'a inspiré la confiance indispensable. Je rumine cette hargne depuis de si nombreux mois, d'innombrables semaines. Tant de jours. Tant de nuits privées de sommeil. Entendez ma litanie car je ne la répéterai pas. J'irai terminer mes jours nu sur l'île de Tahiti, ou vêtu de peaux de rennes sous une yourte sibérienne. Ou dans une chaumière le long de l'Amstel. Là où nulle part deviendra un nouveau quelque part. Je me dois de renaître afin de ne pas trépasser, tant les remords rongent mon âme de criminel. Je deviendrai Rodrigo le chevalier sans cheval. Je ne serai plus sanguinaire.

14

— ON NE POURRAIT DÉNOMBRER le nombre d'Indiens tombés sous mes balles. Un mort, c'est déjà un mort de trop. Alors des dizaines. Même pour se défendre, c'est inacceptable. Je rechargeais mes pistolets, la balle, puis la bourre, et enfin la poudre noire, le tout bien tassé avec la baguette. Lorsque le silex percutait la batterie, l'étincelle produite signifiait, à chaque coup, une nouvelle blessure ou une mort violente. L'odeur de la poudre brûlée nous enivrait. L'envie d'en abattre toujours plus. On tirait, on tranchait, on déchiquetait, on démembrait. Des monstres. Nous étions devenus des monstres. Nous nous repaissions des tripes de nos ennemis.

— Vous mangiez les Indiens ?

— Non, Elsje, c'est une façon de parler. Malgré la fatigue et les blessures, la volonté de faire du mal et de voir le sang couler nous maintenait sur nos chevaux. Cela dit, si on nous avait proposé de nous nourrir du cœur de nos ennemis, je crois que nous l'aurions fait. Toute trace d'humanité avait quitté Cuzco et tous les diables de l'enfer y avaient vomi leur fiel maléfique. La ville n'est pas tombée. Nous avions décimé nos adversaires. Ce qui restait de l'armée de Túpac quitta la plaine. De nombreux combattants étaient blessés. Des bataillons entiers désertèrent. La troupe fondait comme un morceau de glace sous le soleil de juillet. Chaque jour, les défections se faisaient plus importantes. Beaucoup d'Indiens rejoignirent nos forces royalistes. On se doutait que la chute de Túpac Amaru II se rapprochait. Notre victoire ne tarderait plus. En avril, en échange d'un peu d'or, deux de ses officiers le trahirent. Il nous suffit de le cueillir, lui et sa famille, à l'endroit indiqué. Au petit matin. Nous les avons traînés jusqu'à la prison de Cuzco sans gloire ni panache. Túpac resta digne. Il ne montra aucune émotion. Il ne nous fit pas ce plaisir. Sa famille non plus. Ils se résignèrent sans s'abaisser à verser une larme. Le procès les condamna à mort. Pour Túpac, l'exécution serait précédée de quelques spécialités espagnoles. Des tortures qui feraient durer notre plaisir. Pourquoi supplicier rapidement alors que nous pouvions prendre notre temps ? Nous voulions du spectacle. Nous voulions l'entendre crier. Qu'il nous supplie, qu'il implore notre pardon. Qu'il se prosterne devant l'empire qui lui avait apporté généreusement la civilisation. Il dit : « Je reviendrai et je serai alors des millions », puis nous fit l'affront de se taire à tout jamais. Il nous nargua, lui l'Indien, lui, le sauvage. On décapita sa femme, son fils aîné, son oncle, son frère et ses capitaines devant lui. La place de Cuzco était jonchée de têtes. Le fier Túpac Amaru II demeura droit, la mâchoire crispée, les muscles tendus et les veines gonflées affleurant sous sa peau de bronze. Il était beau et surnaturel. Notre maréchal ne pouvait accepter cette nouvelle provocation. Un ennemi doit fléchir, s'agenouiller, hurler sa rage, pleurer les siens. Nous comprîmes que nous n'y arriverions pas. Túpac resterait muet. Le maréchal prit la décision d'inverser son plan. Il fit trancher la langue de Túpac. Ensuite, on amena quatre chevaux. On en attacha un à chaque membre du chef indien. Un coup de fouet sur la croupe, et les chevaux tirèrent de toute leur force. Les bêtes soufflaient, trépignaient. Leurs sabots dérapaient sur le sol terreux. Retenues en leur milieu par cet homme d'une force incroyable, les cordes étaient plus tendues que des drisses de galions. Túpac, le corps à un mètre et demi du sol, face vers le ciel, les bras et les jambes en direction des quatre points cardinaux, retenait les chevaux. Du sang bouillonnait dans sa bouche. Le maréchal exultait. Moi, je savais que ce supplicié était plus fort que l'armée espagnole au complet. Il résista à l'écartèlement. Ses os ne craquèrent pas. Son squelette ne se disloqua pas. On le détacha.

Le sentier escalade une dune. Sous les roues, la neige et le sable ralentissent la charrette. L'effort est plus important. Je me penche en avant pour appuyer de tout mon poids sur les brancards. Plus personne ne parle. Rodrigo me remplace. Il met ses mains à la place des miennes. Sans rien dire, il reprend la conduite de ma demi-petite amie. On s'approche du sommet. Le vent claque, la neige fouette. Encore quelques pas lents et nous y serons.

Rodrigo s'arrête sur la crête de la dune.

— On détacha les chevaux. Et on décapita le grand Túpac Amaru II, chef des Indiens. Utopiste péruvien assassiné par la couronne d'Espagne.

Nous entamons la descente. Je sens la mer. La charrette d'Elsje entraîne le chevalier dans la pente. Je règle mes grandes enjambées sur les siennes.

— Arrivé au bout de mon engagement, j'ai demandé mon rapatriement. Je suis rentré à Séville. Libéré de mes obligations militaires, j'ai passé une nuit sur le territoire espagnol. Mais l'idée de demeurer dans le pays qui avait fait de moi un monstre m'était devenue insupportable. J'avais envie de hurler. Mon corps me faisait mal comme s'il n'était qu'une plaie qu'on badigeonnait avec le jus de centaines de citrons. Le lendemain, j'ai embarqué sur un navire français qui importait du café. Au Havre, je suis monté sur un bateau qui transportait des épices, de l'argent, de l'ivoire et des diamants. Il m'a laissé à Anvers. J'ai fini mon voyage à bord d'un chalutier. Et me voilà, usant mes bottes sur les pavés glissants de Rotterdam. Chère petite sirène et cher grand pianiste, vous connaissez à présent l'histoire de Rodrigo Pánfilo Núñez de Alvarado y Carranza, marin, soldat et meurtrier.

15

JE MARCHE AUX CÔTÉS D'UN ASSASSIN et je n'ai pas peur. Rodrigo doit être l'assassin le plus gentil qui soit. Elsje ne dit rien. Plus un bavardage, plus un rire. Mais elle ne dort pas. Elle se laisse porter par la charrette. Je crois qu'elle pense aux mêmes choses que moi. Au hasard de la rencontre, à la joie d'être ensemble, au mystère des militaires espagnols, à l'héroïsme des Indiens, à la neige qui tombe et à l'envie de voir la mer, tous les trois. Au bas de la dune, le chevalier ralentit. Les flocons tourbillonnent autour de son casque. Ses sourcils se contractent. Ses yeux tentent de percer l'obscurité. Ce n'est

pas simple. Dans son abri de verre, la bougie fait de son mieux.

— Lève la lanterne, petit poisson.

— Comme ça ?

— Là ! Là, il y a un moulin.

Je ne vois rien, mais je fais confiance au chevalier sans cheval. Il se tient raide comme un phare.

— Écoutez !

Il reprend la marche d'un pas vigoureux. Il pousse la charrette. Elsje se redresse et se rattrape au bord.

— Là ! Devant ! Je l'entends.

Le vent souffle. Mais derrière lui, j'entends un murmure. Un battement d'ailes. Une respiration arrondie.

— Oui, je l'entends, Rodrigo.

— Moi aussi, crie Elsje.

Sa tête pivote dans la direction de cette expiration. J'aperçois une ombre gigantesque. Noire. Plus noire que la nuit. Des craquements se mêlent aux frémissements des ailes. Elles virevoltent. C'est beau. La puissance de cette construction de bois et de toile donne le tournis. Elle découpe le ciel en tranches. Elle mélange les nuages. C'est aussi envoûtant que la trompette, la flûte à bec et le hautbois du deuxième concerto dédié par Jean-Sébastien Bach à Son Altesse Royale Monseigneur Crêtien Louis, Margrave de Brandebourg.

En contrebas d'une digue, l'édifice recouvert de chaume est maintenu au sol par une large base en briques. Il ne faudrait pas qu'il s'envole alors que sa mission, aspirer l'eau du polder, ne peut jamais être interrompue.

Une porte nous fait face.

— Lulu, vérifie si ce n'est pas verrouillé.

Je cours et j'ouvre la porte. Les ailes claquent fort au-dessus de moi. Ce n'est pas rassurant. Je rentre la tête dans mes épaules. Elle disparaît dans mon foulard. Je fais deux pas dans le moulin. Je n'y vois rien. Rodrigo me suit avec Elsje, sa couverture, et le rouleau de cuir dans les bras. Elsje tient toujours la lanterne. Sa queue de sirène voltige dans le vent avant que je referme la porte.

16

JE GARDE MON BONNET même si j'ai moins froid. Je me frotte les yeux afin d'évacuer la neige qui fond sur mes cils. Il y a des tabourets et une table. Elsje y dépose la lanterne. Le bruit est infernal. L'axe des ailes transperce la toiture et transmet son mouvement circulaire à toute une machinerie diabolique. Diverses roues dentées de bois dur s'engrènent les unes dans les autres. Ça grince, ça craque, ça tambourine.

— Avant de voir la mer, je voulais vous faire un cadeau.

— Ah !

— Vous êtes bien jeunes tous les deux et j'ai pris la liberté de vous entraîner en enfer. Je ne vous ai épargné aucun des détails les plus cruels de ma vie et de mes crimes.

Assis sur un tabouret trop petit, Rodrigo contemple le tube de cuir posé sur ses genoux. Il n'ose croiser nos regards.

— J'avais besoin de me confesser… J'ai trop honte de ce que j'ai fait pour oser exposer tout cela à des adultes. Ils ne comprendraient pas. Ils me jugeraient. J'aimerais… J'aimerais que vous me pardonniez d'avoir fait de vous les témoins de telles horreurs.

Je me sens obligé de répondre. Il a l'air tellement malheureux.

— Ce n'est rien, Rodrigo. C'était…

La sirène de la mer du Nord finit ma phrase.

— C'était une belle histoire. Moins drôle que les plaisanteries de Lulu, mais personne ne peut être aussi drôle que lui. Nous n'avons rien à vous pardonner, Rod. Vous êtes notre ami.

Je répète ce que j'aurais voulu lui dire depuis le début, mais qu'Elsje a eu plus de facilité à exprimer :

— Oui, vous êtes notre ami, Rodrigo.

— Vous êtes charmants tous les deux. Vous êtes si gentils. Laissez-moi alors, après les aventures d'un chevalier pitoyable aux mains sanguinolentes, vous offrir un peu de beauté.

Rodrigo s'empare du carquois de cuir. Il le pose sur la table. Il ôte le bouchon et en extrait une feuille de papier roulée.

On aperçoit une maison avec un toit de chaume. Elle est en partie dissimulée par un arbre pas très haut, mais dont le feuillage s'étale horizontalement. Sur le côté, un autre toit repose sur des rondins. Il abrite une charrette à foin. La maison se situe au milieu de ce dessin aux mille détails. Le bleu des yeux d'Elsje illumine son visage.

— Elle est merveilleuse cette image. Plus belle que la réalité… Et la petite maison… On aimerait y habiter.

Elle est entourée d'eau, dans un marais ou sur une île. Il y a deux battants à la porte. Celui du haut est ouvert. Le toit est troué et laisse apparaître la charpente. Cela n'enlève rien au charme de la modeste habitation. Derrière coule une rivière de la largeur d'un lac. Au loin, en suspension sur l'horizon, une ville apparaît dans la brume. Plus près de nous, une autre maison, au pignon pointu, se perd dans les feuillages d'un petit bois.

— C'est une eau-forte.

— L'eau de la rivière? Elle est forte? Forte comment? Comme la mer?

— Non, c'est la gravure. Une eau-forte, c'est une gravure.

— Ah?

— L'artiste dessine méticuleusement avec une pointe sur une plaque de cuivre recouverte de vernis. Là où la pointe effleure le vernis, il s'en va. Lorsque le dessin est terminé, on plonge la plaque dans un bain d'acide. Il faut faire attention, car c'est un produit chimique très dangereux. Il attaque la peau et les poumons si tu en respires les vapeurs. L'acide n'entame le cuivre que là où la pointe a éliminé le vernis. Ensuite, on ôte le reste du vernis avec un autre produit. On enduit la plaque d'une encre qui se niche dans les parties creusées du métal. Le graveur frotte la plaque afin de retirer l'excédent d'encre. Il pose dessus la feuille de papier et engage le tout dans une presse. Et l'encre s'imprime sur le papier. C'est ça une eau-forte.

— Moi, j'aime bien les eaux-fortes.

Elle aime tout, Elsje, les eaux-fortes, les chevaux, les licornes.

— Tout le monde aime la beauté, petite sirène. Je tenais à partager cette image avec vous. Elle représente la nature, mais elle est inventée par un homme. Elle évoque la perfection. Elle nous pousse à être meilleurs. Elle m'inspire pour la suite de ma vie. On pourrait penser qu'un morceau de papier qui nous procure autant de belles émotions ne peut être que l'œuvre d'un dieu ou d'un ange. Mais on est simplement devant une réalisation due à la main d'un homme. Pas n'importe quel homme : un artiste qui posait sur le monde une vision unique et incomparable. On appelle cela un génie. Il portait le nom de Rembrandt Harmenszoon van Rijn, mais tout le monde l'appelait Rembrandt.

— Pourquoi parlez-vous au passé, Rodrigo ? Il lui est arrivé quelque chose ? Il est mort ?

— Oui, il est mort. Mais il y a longtemps. Il y a plus d'un siècle.

— Ah, bon. Vous ne l'avez pas connu alors ?

— Ha ha, tu m'imagines si vieux, sardine ? L'eau-forte s'appelle « La chaumière et la grange à foin » et il l'a réalisée il y a cent quarante ans. Longtemps avant ma naissance.

— Mais alors, comment cela se fait-il que vous la possédiez ? C'est votre grand-père ? Vous avez hérité ?

— Lorsque je suis arrivé à Rotterdam, il y a quelques semaines, je possédais un peu d'argent. Je n'étais pas riche pour autant. C'était ce que l'armée espagnole avait bien voulu me laisser pour lui avoir si bien vendu mon âme. Juste de quoi tenir, le temps de retrouver un travail. Puis, je suis tombé sur cette boutique… La vitrine était alléchante. La magnificence de l'univers y était présente. Les peintures à l'huile reproduisaient avec une telle douceur la magie d'un regard, le galbe d'une épaule, le froissé d'une robe… Tous ces portraits contenaient l'humanité tout entière. Un duc en uniforme d'apparat ou une petite fille sage avec un chien hirsute sur les genoux. Le marchand me dévoila des tableaux et des gravures sublimes achetés dans tout le pays. Je n'osais les toucher. Mes mains tremblaient. Entouré de ce que les hommes ont fait de mieux, j'ai commencé à penser que je pouvais oublier ce que j'avais fait de pire. Ou du moins essayer. Puis, j'ai vu « La chaumière » et j'en suis tombé amoureux. Le marchand d'art m'a expliqué que tout avait été inventé par Rembrandt. La ville au loin pourrait être Amsterdam, mais la maison cachée dans les bois se situerait à Amstelveen. En réalité, les deux villes sont trop éloignées. Il n'existe donc pas de chaumière d'où l'on pourrait admirer Amsterdam et Amstelveen en même temps. Rembrandt a organisé le décor pour imaginer ces quelques arpents de paradis. J'aurais tout donné pour me trouver dans cet environnement de rêve… Dans l'eau-forte. J'ai laissé tout ce que je possédais au marchand et je suis reparti avec ce rectangle de papier magique. Cette représentation du bonheur sur terre.

On ne parvient toujours pas à détacher nos rétines de la petite maison.

— Vous voyez, il y a un homme ou une femme qui quitte l'île. La silhouette est trop petite pour le déterminer. Elle est suivie d'un chien. Elle emprunte un pont fait de quelques planches. La nature sauvage la salue avec ses brins d'herbes, ses rameaux et ses broussailles. Eh bien, moi, je vais la retrouver.

— La silhouette ? La chaumière ? Mais vous n'avez plus d'argent. Comment allez-vous faire, Rod ?

Ne t'en fais pas pour moi, Lulu. Je travaille pour Monsieur Huismans. Il m'a engagé pour nettoyer les chambres de l'auberge, laver les draps. Je suis logé, nourri et je reçois même quelques florins à la fin de chaque semaine.

Rodrigo caresse le petit pont du bout du doigt. Il fait une drôle de grimace avec sa moustache. Comme s'il essayait de la manger en gardant la bouche fermée.

— C'est là que je vais vivre. Je quitterai bientôt Rotterdam. Lorsque j'aurai économisé assez d'argent… Je partirai. Je remonterai la rivière Amstel… Je trouverai la chaumière. Je passerai ma tête par le battant supérieur de la porte. J'appellerai pour savoir si quelqu'un habite là. Peut-être cette personne qui passe avec son chien sur le pont. Je proposerai mes services. Je peux réparer le toit qui fuit. Je sais m'occuper d'un ménage. Monsieur Huismans m'a montré comment faire. Je n'ai besoin que d'un lit dans le grenier. Puis, s'il n'y a personne. J'irai en ville frapper à la porte de tous les notaires. Je retrouverai le propriétaire et je lui achèterai sa chaumière. Ce sera ma maison… Même si elle n'existe pas… Même si elle n'existe pas…

Mes yeux s'emplissent de larmes. Je comprends si bien ce vieux militaire perdu, égaré dans ses rêves de bonheur. Tout comme Elsje et moi, et même s'il est beaucoup plus âgé, Rodrigo est un enfant blessé dans un monde d'adultes. Mon piano me manque. Je pourrais dire avec des notes ce que je n'arrive pas à exprimer avec des mots.

— Tu pleures ?

— Non, non, Elsje. Je… C'est à cause de flocons que j'ai reçus tout à l'heure dans les…

Rodrigo roule l'eau-forte. La chaumière et sa grange à foin retournent dans leur tube.

— Merci, Rodrigo.

Je lui souris. Elsje tend les bras vers lui. Il s'approche. Elle l'enlace et lui pose un baiser bruyant sur la joue. On se regarde tous les trois comme des idiots et on éclate d'un fou rire irrépressible. Ça grésille dans la gorge de la petite sole. Rodrigo, ancien chevalier, futur propriétaire de la plus belle parcelle de Hollande, se redresse. Il se raidit comme lui seul sait le faire. Un mât de bateau avec un casque sur la tête.

— En route, bataillon !

17

NOUS N'AVONS QUE QUATRE PIEDS pour trois individus en vadrouille, mais c'est suffisant pour se les faire lécher par les vaguelettes du Flakkee. Rodrigo porte Elsje. La petite sirène allonge le bras et s'aventure dans ma poche pour saisir ma main.

— Attends, je retire ma vachette.

Le bleu de ses yeux perce la nuit et éblouit mon visage. À main nue, j'attrape la sienne. Derrière nous, la lanterne, dont la flamme vacille, est restée dans le chariot qui se repose le nez enfoncé dans la dune. Les ajoncs sont desséchés par le gel. Ici, c'est le désert qui plonge dans la mer. Le Flakkee n'est que l'embouchure de la Meuse, mais si on regarde à droite, au loin, à l'horizon, c'est la mer à n'en plus finir. Jusqu'aux limites du monde. Sous sa surface, la maman d'Elsje danse avec les poissons. Un jour, lorsque les digues céderont sous la force des déferlantes, Elsje deviendra la reine de ce territoire englouti. Avant cela, elle doit broder des queues avec des écailles brillantes pour tous les Hollandais. Le peuple de la mer. Le vent murmure à nos oreilles. Ce qu'il nous chuchote est clair. Ce ne sont pas des mots, mais de belles émotions. Nous n'avons rien à ajouter. C'est l'harmonie parfaite. Il faudra que je m'en souvienne pour la noter sur une partition.

Notre trio magnifique respire les embruns et la neige. Nos êtres s'emplissent de vie. Le sang circule dans les corps, nos joues s'enflamment, ça tape dans nos tempes. Rodrigo se tourne vers moi et me dépose la sirène dans les bras. Il s'écarte de trois pas. Il hésite à parler. Il sait qu'on n'a jamais connu si beau silence. Nous sommes englobés dedans. Il faut être audacieux pour oser le rompre. Ses sourcils s'agitent. Il redevient sombre.

— Huracán était l'un des quatre chevaux qui tirait sur l'une des cordes. Celle attachée au poignet droit de Túpac. Un soldat fouettait la croupe d'Huracán afin qu'il donne toute sa puissance. Il y avait quatre chevaux et quatre soldats pour écarteler le chef indien. J'étais l'un d'eux… J'ai forcé mon cheval, mon meilleur ami, à se faire complice de cette infamie…

Rodrigo se tait. Elsje se serre contre moi. Les mouettes crient autour de nous. À l'horizon, le ciel s'éclaircit. Un nouveau jour va naître. Rodrigo s'avance. La pointe de ses bottes effleure l'eau du bras de mer. Il tire lentement son épée hors de son ceinturon. Son bras de singe tournoie au-dessus de sa tête. Il jette l'arme au loin. On devine une brève éclaboussure. Aucun son ne nous parvient. Hystériques, les mouettes piaillent dans le ciel. Le geste de notre ami nous surprend. Elsje se serre encore plus contre moi. Je sens la chaleur de son demi-corps traverser mes vêtements. Rodrigo arbore ses trois dents et pose ses mains sur sa tête. Avec la même lenteur, il se décoiffe de son casque cabossé. Son mouvement est encore plus ample. Le casque fait gicler une magnifique gerbe d'eau salée. Elsje hurle de joie. C'est un demi-poisson et une demi-mouette. Une enfant sauvage. On rit et on pleure. Nous sommes épuisés. On crie comme des fous. Il fait froid, mais nous sommes envahis par une chaleur tropicale. Comme une fièvre de bonheur. Comme une fièvre de liberté.

Je retire mon bonnet. Mes cheveux tourbillonnent comme les mouettes. Je pose le bonnet sur la tête de Rodrigo. Il m'attrape dans ses bras. Il y a une sirène aux yeux bleus entre nous. La perfection de l'instant existe. Cela se passe un matin de décembre 1781 au bord du Flakkee, en Hollande. On ne parle plus. Le chevalier ne sera plus jamais chevalier. Et c'est bien mieux comme ça.

Épilogue

JE SUIS À HEILIGENSTADT, dans la campagne viennoise. Je deviens sourd et j'ai trente-deux ans. Il y a longtemps que mes parents sont décédés. J'ai poursuivi l'étude de l'art du piano et de la composition. J'ai fréquenté les meilleurs professeurs. Le travail et la passion se sont révélés plus efficaces que les remontrances et la violence. Je suis à présent un musicien célèbre. J'aurais aimé que mon père assiste à cela. Je lui en veux pour les coups, mais je lui dois de m'avoir assis devant un piano alors que je ne savais pas encore marcher. Il a vu en moi des aptitudes et il a tout fait pour que je les développe. Si je suis ce que je suis aujourd'hui, c'est à cause, grâce et pour lui. Il avait un rêve pour mon avenir. C'était mon rêve aussi. Et il s'est réalisé. Il aurait été fier.

Lors de mon premier séjour à Vienne, je n'avais que dix-sept ans. J'ai joué devant Wolfgang Amadeus Mozart. J'ai choisi de lui interpréter l'une de ses compositions. À son regard, j'ai senti qu'il était dubitatif. Cela m'a déstabilisé. Je me suis alors mis à improviser. Je me suis toujours bien débrouillé dans l'improvisation. Son visage a changé. J'ai vu qu'il était étonné. Il ne me l'a pas dit. Il n'a rien dit. Il est passé dans la pièce à côté, où se trouvaient d'autres convives. Il s'est approché d'un groupe de quelques amis et leur a confié : « Faites attention à celui-là, il fera parler de lui dans le monde. » Il a prononcé cette phrase très distinctement. Suffisamment pour que je l'entende. Il savait que je l'avais suivi. Ce fut pour moi comme une bénédiction. Celle du dieu des compositeurs. Je suis resté à Vienne.

Hier, le 6 octobre 1802, j'ai écrit une longue lettre à mes frères Carl et Johann. Mon testament. Je comptais leur céder mes pianos car j'avais pris la décision de mourir.

Petit à petit, jour après jour, la vie m'a fait un cadeau empoisonné. Les flammes de l'enfer dansent leur sarabande endiablée autour de moi. Depuis plusieurs années, je perds l'ouïe. Je n'entends pratiquement plus rien. Quelle ironie pour un musicien ! Je n'arrive plus à jouer en public. Je n'entends plus mon piano, je n'entends plus les instruments qui m'accompagnent. Et je ne veux pas que cela se sache. Les gens auraient trop vite fait de persifler : « On ne peut être musicien si on est sourd. » Je me suis retiré de la société. Je me terre comme un ours dans sa caverne. Ma vie ne vaut plus rien. Je peux encore composer car les notes n'ont pas fini de me tourner en tête, mais cela me suffira-t-il pour donner un sens à cette vie d'isolement ? Les médecins ne peuvent plus rien pour moi. Et si je perçois encore quelques sons, d'ici peu cela sera fini. Je serai à tout jamais reclus dans un bocal hermétique. Le silence sera mon territoire.

J'ai donc décidé de mettre fin à mes jours. Puis, je me suis souvenu de ma fugue à Rotterdam, cette nuit de décembre 1781. Je me suis souvenu du sourire d'Elsje, la petite sirène. Ses yeux bleus qui irradiaient de bonheur. Ce n'était qu'une demi-fille et elle dévorait la vie avec l'appétit de deux filles complètes. Elle s'était fait pousser une magnifique queue de broderies scintillantes suite à la perte de ses jambes. Mes oreilles se meurent, mais comme la queue d'une sirène hollandaise, mes doigts se développent encore. Ils me transforment en un autre animal. Un homme-piano. Il me reste tant de symphonies à écrire.

Un ancien militaire espagnol appelé Rodrigo m'a soudain traversé l'esprit. Il était parfois courbé, parfois raide comme le tronc d'un bouleau. Sa bouche garnie de trois chicots et ses récits d'une cruauté sans nom faisaient de lui l'un des plus beaux êtres humains qu'il m'ait été donné de rencontrer. Était-il fou, m'avait-il raconté des mensonges ? Je ne le crois pas. Avait-il arrangé la vérité à sa manière ? Peut-être. Tout ce dont je me souviens, c'est qu'il était désespérément seul dans sa quête. Un chevalier sans cheval à la recherche d'une chaumière imaginaire. Et pourtant, je n'ai jamais douté qu'il la trouverait, sa maison au toit troué au bord de l'Amstel. Il avait la force et la conviction nécessaires pour transformer ses rêves en réalité.

Je me suis revu sur les dunes, serré dans les bras de ces personnages extraordinaires. Le vent soufflait, la neige valsait et les mouettes criaient. Nous sommes restés comme cela, immobiles pendant de longues minutes avant de repartir vers Rotterdam. J'avais onze ans et une existence à consacrer au piano. Nous avons déposé Elsje chez elle, puis rangé sa charrette contre le mur de la maison. Rodrigo m'a raccompagné jusqu'à la fenêtre de ma chambre. Je me souviendrai toujours de cette nuit où deux anges m'ont offert le plus beau cadeau du monde : l'espoir en le lendemain.

Après une heure de sommeil, ma mère est venue me réveiller. Je me suis immédiatement mis au piano. Mes mains virevoltaient sur le clavier. Ce soir-là, à Rotterdam j'ai donné mon meilleur concert.

Je range mon testament dans le tiroir du secrétaire. Le soleil qui baigne la campagne de Heiligenstadt me convainc que ce n'est pas un bon jour pour mourir. Mes symphonies, mes concertos, mes sonates, je les écrirai. Avec des oreilles éteintes, si tel est mon destin. Ma malédiction deviendra ma singularité, ma spécificité… Ma queue de sirène. Ma chaumière le long de l'Amstel.

Je n'ai jamais revu Elsje, la petite sirène de la mer du Nord, la reine des poissons, la plus mignonne repriseuse de filets de pêche, ni Rodrigo, le chevalier sans cheval, le sanguinaire pacifique, le militaire qui pouvait nous guérir de nos maux grâce à son sourire à trois dents.

Je vais continuer à vivre et à essayer de trouver le chemin tortueux du bonheur. J'ai beau être devenu le célèbre Ludwig van Beethoven, lorsque je pense à mes deux anges de Hollande, je redeviens le petit Lulu à la folle crinière.